ベスト・エッセイ

THE
BEST ESSAY
2020

日本文藝家協会編

光村図書

ベスト・エッセイ　2020

目次

本書収録の作品は全て 2019 年に発表されたものです。

装幀　Boogie Design
表紙　しまざきジョゼ

ベスト・エッセイ　2020

灰になれ

森　絵都

先日、とある知人から手紙をもらった。後日に顔を合わせた際、その内容について触れたところ、「そんなこと書いたっけ」との返事。「eメールの場合は手元に残るから、下手なことを書くと、後から読み返して後悔する。その点、紙の手紙はいいね。相手の元へ行ったきりだと思うと、自由にのびのび書ける」

そう言われてハッとした。たしかにeメールは手軽で便利でスピーディーだが、送信後もメールボックスから削除しないかぎりは自分の元に留まる。その「残る」ことへの煩わしさを、私たちは常にどこかで意識しながらキーを叩いているのかもしれない、と。

紙の手紙は相手に渡した時点で完全に自分の手を離れる。二度と戻ってこない。さっきまでは自分のものであった思いを相手に託して、そして、さようならだ。いつまでこの世に留まるかは送った相手次第ながらも、紙である以上、いずれは燃えて灰になる。未来の空を舞う灰が透けて見えるようなその存在のあり方は儚くも潔い。

送るだけでなんとなくすっきりする。そのような効能も紙の手紙にはありそうだ。eメールのように後から送信ボックスを覗いて「なんでこんなことを書いちゃったのか」と落ちこむこともなく、書き手はあくまですっきりしたままその後の人生を歩んでいける。出したら出しっぱなし。その特質ゆえの罠も、しかし、紙の手紙には潜んでいる。思い出したくないから背を向けたまま歩み続けているものの、ひとたび振り返れば、誰しもけっこう恥ずかしい手紙を過去にしたためているのではないか。

少なくとも私にはある。

幼なじみのヒロちゃんに手紙を書いたのは、まだ文字を覚えたての五つか六つの頃だった。おそらく人生初のその手紙は〈ぜっこうじょう〉だった。もう一人の幼なじみ、ケイちゃんをめぐる三角関係の末、私はヒロちゃんを見切るに至ったのだったが（絶交状を私に教えたのは姉だった）、驚いたヒロちゃんはママに相談し、ヒロちゃんママはうちの母に相談し……結局、なんだかものすごく怒られて終わった記憶がある。

中学生の時には仲間と一緒に〈予告状〉をしたためた。給食の時間、クラスの担任が「プリンが一つ足りない」と騒ぎ立て、誰かが二個取ったに違いないと決めつけてしつこく犯人捜しをしたことに腹を立ててのことだった。そんなに生徒を疑うのなら、こっちも受けて立とうではないか。犯人になりすました私たちは「次はクレープをいただく」との予告状を担任宛に送り、結果、給食にクレープが出た日は物々しい厳戒態勢のもとで配膳が行われることとなった。

高校時代、つきあっていた彼と別れた際には、「これからもがんばって夢を追いかけてね」と思いをこめて綴った手紙を渡し、「『夢』って漢字が間違ってたよ」と指摘された。

どれもこれも燃えて灰になれ、と思う。

もり・えと（作家）「暮しの手帖」10－11月号

憧憬、その先の話

古市憲寿

旅。その言葉は人に憧憬を抱かせる。

冬の北欧でオーロラを眺める。モン・サン・ミシェルで名物のオムレツを食べる。カッパドキアで気球に乗り込む。いつか時間ができたら、そんな旅をしたいと思っている人も多いかも知れない。

僕も子どもの頃、そうだった。世界史の図説に掲載されていたパルテノン神殿の夕暮れの写真を目にして、いつかは訪れてみたいと思った。「世界の車窓から」というテレビ番組を観て、異国を巡る列車の旅に憧れたりもした。

だけど、ある時期までの僕にとって、海外とはあまりにも遠い場所だった。海外旅行に出かけたこともなければ、外国の友人もいない。そして、海外に憧れこそあったはずだが、何としてでも日本を出たいという強い野心まではなかった。

　少し前まではよくあった話だと思うが、学校の英語教師の多くは、満足に英語が話せなかった。アメリカ人の授業アシスタントが来るときなんて、だんまりを決め込む有様。一年間の海外留学を経て帰ってきた生徒に対しては、本当に気まずそうに接していた。いい思い出である。

　そんなガラパゴスな環境に生きていた僕だが、変化は大学時代に訪れた。僕が通っていたキャンパスは、とにかく帰国子女や留学生が多かった。そこで日本と海外は地続きだった。英語で開講される授業やゼミは当たり前。外国語も二つくらいできて当たり前。

　そんな環境だったから、僕が一年間の交換留学に申し込んだのも「当たり前」のことだった。ノルウェーという北国にいたのだが、ヨーロッパの国々はどこも近い。飛行機で二時間もあればロンドンにもパリにもベルリンにも行けてしまう。しかも当時すでに格安航空会社が就航していたから、日によっては一万円前後で往復の航空券が買える。

　留学までは、一度も日本国外に出たことがなかったにもかかわらず、その頃から海外は非常に身近なものになった。旅を仕事や趣味にする人には負けるが、気になった場所にはできるだけ行くようにしている。仕事のことも多いし、完全な趣味という場合もある。

何だかんだで合算すれば一年のうち二ヵ月くらいは国外にいる。

ピラミッドも行ったし、死海にも浮かんでみたし（そして何と溺れた）、フィヨルドクルーズにも参加してみた。

そして気付いたことがある。想像における旅と実際の旅はまるで違うこと。そして後者が前者に勝ることは、（僕の場合）まずなかったこと。

たとえば、ついこの間、ドイツのハンブルクからデンマークのコペンハーゲンへ向かう列車に乗ってきた。「渡り鳥ライン」として有名なのだが、海峡を渡る時に、列車がそのままフェリーに乗り込むのである。きちんと線路が船内までつながっているのだ。「世界の車窓から」ファンからしたら垂涎の列車だろう。子どもの頃の僕も、「渡り鳥ライン」のことを聞いたら目を輝かせたのではないかと思う。

だけど現実における列車の旅とは、多くの場合、単調な景色の繰り返しである。夏のヨーロッパであれば、ひたすら草原が続き、時折小さな村や森が現れ、再び草原というのが定番。五分や十分ならいいが、結局すぐに飽きてしまい、はやばやとスマートフォンをいじり出すことになる。

僕だけではない。せっかく「渡り鳥ライン」を選んだ旅行者たちはみな、手元のスマートフォンやパソコンとにらめっこをしていた。ハンブルクとコペンハーゲンは飛行機を使えばわずか一時間。それが「渡り鳥ライン」では五時間半。大きく料金も違わないから、同乗者たちは多かれ少なかれ列車に愛着のある人々のはずなのだ。それにもかかわらず誰も景色を見ていない。ずっとスマホ。

「世界の車窓から」が五分番組である必然性がよくわかる。車窓からの景色なんて、大抵の場合、五分で充分なのだ。

「渡り鳥ライン」に限った話ではない。たくさん訪れたはずの有名な観光地は、どれも想像に負けていた。

ノルウェーで観たオーロラは動きが速すぎて学生が作ったCGみたいだったし、モン・サン・ミシェルのオムレツは高い上においしくなかったし、カッパドキアで乗ったはずの気球はほぼ記憶がない（写真はある）。パルテノン神殿は年中改修中で、いつ行っても不格好だ。

多くの絶景と呼ばれる場所も同じだった。世界中の写真家やインスタグラマーが時間をかけ、熱心に加工した「奇跡の一枚」のような光景に、ふらっと訪れただけの旅行者が立ち会うのは難しい。

ここまで読んでくれた読者は、突っ込みたくなっただろう。そんなに文句ばっかり言うなら、どこにも行かなければいいじゃないか、と。いや、僕もそう思うんですよ。どうせどこに行っても満足できないなら、もうどこにも行かなければいいのにって。

だけどそれでもどこかに行こうとするのは、小さかった頃の憧れを捨て切れていないからなのだと思う。いつか夢に見たような、憧憬を抱いたような場所に、きっと次こそは辿り着けるのではないか。「ずっとこの場所に来たかった」と感じられる場所があるのではないか。そんなかすかな期待を胸に、僕は新しい場所を訪れては、「やっぱりいまいちだったな」と皮肉を言い続けていくのだろう。

――ふるいち・のりとし（社会学者）「群像」8月号――

生島治郎さんの手紙

大沢在昌

現在では考えられないことだが、50年前は新聞社の発行する年鑑に小説家の住所が記載されていた。

レイモンド・チャンドラーの作品との出会いをきっかけにハードボイルド小説にのめりこんでいた私が次に惹《ひ》きつけられたのが生島治郎さんの作品群だった。「追いつめる」で直木賞を受賞した、日本のハードボイルド作家の草分けともいえる人だ。私は夢中になり、中学3年生のときに手紙を書いた。

ファンレターではあるが、日本でハードボイルド小説を書く上での質問状も兼ねていた。送ったものの、返事をもらえるとは思っていなかった。

ところが2週間後、便せん8枚にも及ぶ、ていねいな回答の手紙が届いた。

これほど嬉《うれ》しかった手紙はない。ハードボイルド小説家になりたいという〝夢〟は、この手紙によって〝運命〟へとかわった。自分は生島治郎さんのあとにつづく存在になるのだ、と根拠もないのに思いこんだ。

それから8年後、生島さんが選考委員をつとめる新人賞を受賞し、食事会でご本人に会った。

ダンディでニヒルなのは想像通りだったが、意外なことに酒を飲まなかった。

「先生」

と私が呼ぶと、

「もう同業者なんだ。先生はやめろ」

といわれ、胸がいっぱいになった。そして中学生のときに手紙をいただいたことを告げた。

「ありえんな。俺はファンレターに返事は書かない」

にべもなくいわれ、二の句が告げなかった。

2冊目の本を上梓《じょうし》したときに勇を鼓して、直接お渡ししたいと電話をかけた。すると飯でも食うかと、銀座の鮨《すし》屋と文壇バーに連れていってくれた。そのとき翻訳ミステリの話になり、

「若いのによく読んでいるな」

と感心された。

それから少しして、生島さんから電話があり、麻雀はできるかと訊かれた。できると答えると、赤坂の「乃なみ」という旅館にこい、といわれた。

いってみると吉行淳之介さん黒鉄ヒロシさん、生島さんというメンツで私は卒倒しそうだった。だが、生島さんにいわれたこともあり、生意気にも「吉行さん」と呼んだ。

それをきっかけに月に一度くらい卓を囲むようになった。だいぶ打ち解けたある日、生島さんからいただいた手紙を持参した。生島さんはあ然とした。

「俺の字だ」と驚き、書いたことをまったく覚えていなかった。そして「返せ」といわれた。お前はもう小説家になったのだから、必要ない筈《はず》だ、と。

冗談じゃありません、これは僕の宝物です。何があっても返しません、と私はいった。

返せ返さないのやりとりはお約束になり、どんどん二人の距離が縮まっていくようで嬉しかった。

直木賞を受賞した数日後、生島邸に遊びにいくと、

「おい、いいもんがあったぞ」

生島さんがにやにやしながらきたならしい封筒をだしてきた。何と中学生の私が送った手紙だった。

生島さんには結婚式の仲人をお願いし、亡くなったときには葬儀委員長をつとめた。中学生の書いた手紙は棺の中におさめ、いっしょに旅立っていただいた。生島さんからの手紙は、今も私の机の中にある。終生の宝物だ。

おおさわ・ありまさ（作家）　「日本経済新聞」七月八日・夕刊

ショーケンとの再会

瀬戸内寂聴

ショーケンこと萩原健一さんが三月二十六日に亡くなって、早くも二週間が過ぎた。その間、私はショーケンの追悼文を書きかけては胸に迫ってきて、涙があふれ書けなくなってしまう。仕方がないので、彼と一緒に仕事をした雑誌を繰り返し読んで気をまぎらわせている。

ショーケンは生前、私とつきあっている間、いつも私のことを「おかあさん」と呼んでいた。毎朝早く電話がかかり、疳《かん》高い声で「おかあさん、お早よう」と呼びかける。「うるさいなあ、まだ寝てるよ」「もう六時すぎだよ。年寄りのくせにいつまで眠るの。あんまり眠ると、早く呆《ぼ》けるってよ」

そういうショーケンは毎朝五時から一時間半も歩きつづけている。自慢のスタイルを保つためだそうだが、毎朝の電話で彼が私に伝えたいのは、二人の女性の噂話《うわさばなし》をしたいためであった。二人ともショーケンの熱烈なファンで、ひたすらショーケンと一緒に歩きたいために、毎朝やってくるという。一緒に歩くのは他にも男女十人くらいがいるらしい。ショーケンが私に話したいのは、その中の二人の女性のことだけで、一人は人妻だが、自分はそっちの方が好きだけれど、夫と別れてこないと相手にはできないと言う。そんなくだらない話を早朝から聞かされても、腹も立てないのだから、私もいい加減阿呆《あほう》になっている。

そもそものつきあいの始めは、ショーケンが大麻事件で逮捕された後、世間で騒がれて居場所がなくなった時、ふとした縁で、京都の私の寂庵《じゃくあん》へ頼ってきて、かくまったのが縁であった。新幹線の三時間、トイレに身をひそめてやってきたという。おどおどして、目を伏せたきりで見るも哀れな姿だった。夕方だったので先《ま》ず夕食をすすめたら、すき焼きの前で泣きだしてしまった。

「いただいてもいいのでしょうか」「どうぞ、とにかくたくさん食べて精をつけなきゃ」

泣きながらすき焼きを食べていたショーケンの姿を、ありありと想《おも》いだす。あの世では、誰とすき焼きを食べていることか！

長いつきあいの中で、彼の恋人とか、妻と呼ばれた女性に巡り逢《あ》ったが、ほとんどの人は、私に「早くショーケンと縁をお切りなさい。ろくなことありませんよ」という。縁を切るも何も私とショーケンとは、おかあさんと息子の関係を一度もふみ誤ったことがないので、別れようもない。ただ長い歳月に、気まぐれなショーケンは、何度も私との音信を断ち、全くつきあいのとだえたことも幾度となくあった。


寂庵は尼寺なので、ショーケンのような危険な男を置くわけにいかず、私の判断で、近くの禅寺の天龍寺へ預けることにした。平田精耕管長が雲水と共に預かってやると言って下さったので、法衣一切を買い整え、寂庵で頭を剃《そ》って、天龍寺へ私が送りこんだ。法衣を身につけたとたん、ショーケンは一見見事な雲水になりきるのは、さすがの役者だった。

ところが天龍寺で、ショーケンは、ありとあらゆる悪いことをしてくれたが、寺では一旦《いったん》預かった以上は一切寺の責任だといって一事も私に伝えなかった。以来、私は天龍寺に頭が上がらない。

不貞で不良のショーケンとの悪縁は、現在の夫人との結婚までつづいたが、突然の死で、この世の縁は一旦切れた。しかし、すでに九十七歳を目の前にした私は程なくあの世の入り口で、「おかあさん！　おそかったね！」と手を振って迎えてくれるショーケンに再会することだろう。

せとうち・じゃくちょう（作家）　「朝日新聞」四月十一日

ハートはピリオド

河合香織

昭和生まれのせいか、絵文字を使う時の小さな違和感はいつまでたっても消えない。それなのに、自身のスマホを開いてみると、驚くほど絵文字に溢《あふ》れていて愕然《がくぜん》とする。よく使う絵文字はハートと笑顔マークである。送信先は親しい相手ではなく、子供の友達の母親だったり、習い事の先生だったりする。

なぜいい大人が違和感を抱えながらも、ハートマークを使うのかといえば、送信してきた相手が使っているからでしかない。おうむ返しのように、相手がハートを使えばそのようにし、絵文字を使わない人であれば私も同じように真似《まね》ている。愛《いと》しいとか好きだとか嬉《うれ》しいという特別な意味は、私の場合は絵文字にさほど込められていない。

絵文字といえば、終わりが近くなった八重桜を囲んで花見をした時に心に張り付くような話を聞いた。何かのきっかけで、セクハラの話題になった。そこで花見に参加していた女性が、セクハラの聞き取り調査を行った時のことを語り始めた。

「十数件セクハラの調査をしたけれど、あれが一番純粋な事例だったかもしれません」

概要としては、男性上司が新入社員の女性と不適切な関係を持ち、セクハラだと訴えられたというものだった。だが、男性は2人は恋愛関係だったと繰り返し主張した。よくある話だと思って聞いていたのだが、話はそれだけでは終わらなかった。

委員会には、携帯メールのコピーの束が、双方から証拠資料として提出された。女性からは関係を断れなかった根拠として、男性からは恋愛関係にあったことの根拠として。多くの調査委員の前で、セクハラをしたとされる男性は抗弁した。

「彼女からのメールにはハートの絵文字が書かれていた。このような絵文字は通常、交際関係にある場合にのみ使うものだと思います」

委員の1人であったその女性はこの発言に対して諭すように語りかけたという。

「ハートマークに意味はありません。ハートはピリオドと同じです」

すると、すでに中年を超えた年齢の確たる社会的地位のある男性は、公衆の面前にも拘《かかわ》らずその場ではらはらと静かに涙を流したという。

ハートマークはピリオドに過ぎないことを知った時、男性はどうして涙を流したのか。恋だと思っていたものが違っていたことに気がついたからだろうか。人生には徐々にわかることもあれば、突然すべてが見えることもある。あるいは、自分の行為の恥ずかしさを知った謝罪の意味もあったのかもしれない。

メールリテラシーについては企業や教育機関なども研修を設けているところも多いが、絵文字は仕事や出版物ではほぼ使われないという特性がある。つまり、私的な領域でしか使わない前提であるために、個人の感性に任されているものではないだろうか。新入社員の女性は私的な絵文字を、会社に持ち込んだ。その世代では当然の絵文字が、上司世代では特別のことであったのかもしれない。だからといって、ハラスメントは断固許されることではないのだが、散りゆく桜を見るような切ない思いになった。

風に吹かれた八重桜が、はらりと枝豆の器に入った。夜の街灯の下、若草色の中に浮かび上がる薄桃色の花びら。その後、泣いた男性がどうなったかについては尋ねることができなかった。

かわい・かおり（ノンフィクション作家）「日本経済新聞」四月二十五日・夕刊

ぼくの勇気について

最果タヒ

自意識過剰について指摘する人は多いけれど、でもそれを心から「悪い」と思っている人はいないのではないかと思う。自分が自分であること、自分として生きようとすること、幸せになりたいと思うこと、承認されたいと思うこと、どれもまっすぐにつながっていて、それを悪とみなすことは、誰にとってもブーメランなのだ。それでも指摘する人がいて、指摘され恥ずかしくなる人がいて、それは結局指摘されたその人の中にもともとあった「罪悪感」が、目を覚ましたというだけだ。他人の群れの中にいれば自分を中心にしか世界を見つめられないことを恐ろしく思う。どうしてずっと平和を祈っていられないのか。ぼくは、だから自意識への指摘で、人を傷つけることだけはしたくない。自分の中にある誠実さや美意識や怒りや正義を賭け、相手に対するのではなく、相手の中にある罪悪感を利用した、単なる攻撃を、ぼくはする必要を感じない。そこに勝利はないし、敗北もない、それによって研ぎ澄まされる愛も正義も優しさもない。悪意さえも介在しないんだ。ただ、「相手はこう言われたら傷つくだろう」という予感があり、それを理由に動いただけだ。自らの武器も爪さえも使わずに、相手の傷口をひきさくやりかた。「傷つけたかった」という事実しか残らないのにどうして、きみは傷つけたのだろう。

蟻地獄の縁にひっかかった蟻を、指ではじいて、落としてしまう子供を、残酷やいじわると形容するのは腑に落ちない。反射的に相手を貶めてしまう、ということが、もしかしてひとにはあるのではないかと、時々思う。危機的状況にもしも、相手がいたならば、その気まぐれがとどめとなることもあるだろう。それはちょっとした思いつきであったのかもしれない、もしかしたらそれは隙間のある本棚を埋めたくなるだとか、食べ残しのクッキー一枚をくちにいれてしまうとか、それぐらいの感覚で起きることなのかもしれない。ぼくはこれを性悪説として掲げたいのではなくて、並べられ、今にも倒れそうなドミノを一瞬押したくなるような、そういう感情のない衝動と思っている。ぼくはこの一瞬の自分の反応を、ずっと恐ろしく思っていた。そういうとっさの攻撃を、ぼくはどうやってぼくにやめさせられるだろう。忘れさせられるだろう。鈍感に、無頓着になれるだろうか。そのために、人と関わり、本を読み、映画を観て、涙を流し、人を思いやるのかもしれない。ぼくは、悪意より善意より、人間が自らをコントロールしきれないということが、時々とても怖くなります。

ここまで書いて思ったのは、ぼくは人をこころから、傷つけたくないのだということだった。それは優しさとかではなく、鳥肌が全身に出そうな、そんな感覚だ、小さな生き物を手のひらに載せられた時のような感覚。どうしてこんなやわい状態で、生きてしまっているんですか。できる限り傷つけたくない、人を傷つけるということから無縁でありたい。そして、それがどうしてなのかぼくにはわからない。あまりにもあたりまえに、命を大切にするとか、人を傷つけないとか、思ってしまっているけれど、いっそう信じることにしたのかわからない。

そういう気持ちを善意のように、優しさのように打ち出すことができない。ぼくは選択を迫られて、そして自らを犠牲に誰かを助けたわけでもない。きっとこれもまた、衝動的なものなのだと思う。善意も悪意もなく、「殺さないようにしなくては」と思ってしまった。ぼくはぼくが覚えていないだけで、危機的状況を経験したことがあるのかもしれない。たとえばうまれてくるときだとか、赤ちゃんのころだとか、そういう他人がいなくちゃ一日だって生きられない心もとない感覚が、まだ、肌の奥に残っているのではないかと思う。それを思い起こしているだけなのだろう、それこそぼくはぼくの傷口を撫でて、そうして目の前の生き物を傷つけたくないと思っている。彼らを思いやっているのではなくて、赤ん坊の自分を、思いやっているのかもしれない。

想像がどこまで可能なのかわからない。どこまでいっても、誰かを思いやる、命を大切に思う、ということに、限界を感じる。もちろん、みんな幸福であればいいと思うけれど、でもその実感が本物であると、胸を張っては言えない。ぼくはすべてのひとを知っているわけではないし、触れたことがあるわけでもない。人混みを上空からみおろすだけでざわざわとする。誰かが生きているということを、理解することはきっとできないし、だから、100%彼らの幸せを祈っているとは断言できない、そう思うことが、ぼくの最大限の誠実さだ。ぼくはぼくの危機的状況を、生き延びて、ここにいて、だからだれかの危機的状況に「なんとかしなくては」と感じてしまう。それを、愛と呼ぶ勇気を、ぼくは決して手放さない。

さいはて・たひ（詩人）　「ちくま」9月号

暖簾《のれん》は語る

青来有一

　高齢の夫婦が営む鮮魚店が近所にあった。御主人は内向的で店の奥で黙々と魚を捌《さば》き、店先では外向的な奥さんの客相手の笑い声が響く。「内向」「外向」という性格分類は、私たちの暮らしにとけこみ、日常会話でもしばしば使われる。もともとは心理学者のC・G・ユングが提唱した考えで、もちろん性格の善し悪しではない。ただビジネスの現場によっては、最近、コミュニケーション能力の高さばかりが求められ、内向的な人々はちょっと生きづらいかもしれない。

　長崎市からクルマで一時間三十分ほどの海辺の温泉地に、年に数回訪ねる居酒屋がある。四季折々の旬の魚を食べるために十年以上も通っている。八十代の元気なお母さんが店内で客を相手にし、五十代の息子さんは厨房《ちゅうぼう》で黙々と調理をしている。有明海、橘湾、五島灘といった長崎周辺で獲《と》れた地場の魚がおいしい。刺身に、焼き魚、煮つけ、てんぷら、どれも旨《うま》い。料理人は腕はいいが、寡黙で内向のひとである。それでも十年も通っているとぼちぼちと話をするようになった。

彼が教えてくれたのは、魚は旬を選ぶのはもちろんだが、生け簀《す》でしばらく泳がせたあと、〆たら丁寧に血抜きをする。また必ずしも新鮮ならいいわけではなく、寝かせてしばらく熟成させるのもおいしくなるコツだという。ぼそぼそと話をしながらも炭火を熾《おこ》すためのウチワを扇《あお》ぐ手を休めない。焼き魚には炭火を使うのだ。お母さんの話では小学生の頃には釣った魚を自分で捌いていたというから天性の資質らしい。

研究熱心で、驚いたのは、料亭などでの修業経験はなく、まったくの我流だという。アジ、ヒラメなどのほか、春は赤貝、マテガイ、ウチワエビなど季節ごとの魚介の種類も多く、大きめのアラカブ（和名はカサゴ）が入ったときは活《い》き造りで透明な刺身をポン酢と紅葉おろしで食べ、アラはみそ汁で魚一匹味わい尽くした。風雨でぼろぼろになった暖簾はいつしか店の内側に掛けてある。「内向」のまさにシンボルだ。それでも隠れた腕前と味を知っている人は多く、はるばる訪ねて来る常連客が途切れることはない。自らの料理を誇ることもない、伏し目がちなお腹《なか》が出たオッサンの内気さのなんと奥ゆかしいことか。
相手の目をまっすぐに見て話しなさいと昔からずいぶん教えられてきたが、あまりに一面的に外向的態度とコミュニケーション能力ばかりを追い求めると、世の中、隠れた豊かさを失うのではないか。目を見ないひとがいてもいい、内気な人もいないと困るといったぐらいの包容力、寛容性、トレランスも同時に学んでいないと、店の中に掛けられた暖簾は見えてこない。

せいらい・ゆういち(作家)「朝日新聞」五月二十五日

ティッシュの否定形

伊藤亜紗

勤務先の東京工業大学では、理工系の学生相手に芸術を教えている。ピカソやウォーホルなどの作品を鑑賞する座学中心の授業もあるが、学生みずから制作を行う授業もある。教える側としては、どんなお題で作品を作ってもらうかを考えるのが、毎年の楽しみだ。

例年2月に開講される1週間連続の集中講義では、毎日1つ、私が出したお題に従って作品を作ってもらう。ふだんはデータや図表とにらめっこしている学生たちに、思い切り頭をやわらかくしてもらう1週間である。

初日のお題は毎年決まっている。テーマは「否定」だ。素材は毎年変わるのだが、たとえばボックスティッシュを一箱ずつ手渡す。そして言う。「このボックスティッシュを否定せよ」

なぜ否定？　と思われるかもしれないが、あらゆる芸術作品は否定から始まるのである。たとえば彫刻。大理石で裸婦の像を作るなら、まず石が石に見えてはだめだ。目の前の石が、ただの石ではなくまぎれもない裸婦であること。つまり、ある素材を使いつつその素材を否定することが芸術の基本的な操作なのだ。絵画は布をただの布ではなくすることなのだし、音楽も音をただの音でなくすることだ。

ならばボックスティッシュを使ってボックスティッシュを否定することは、芸術どっぷりの1週間の導入としてはふさわしいお題といえる。どんなアプローチでもいい。ボックスティッシュの見た目を否定してもいいし、2枚組になっているという構造を否定してもいいいし、使い捨てであるという刹那性を否定してもいい。自分の気になる特徴に着目し、それを反転させることで、ボックスティッシュをボックスティッシュから一番遠い状態にしてほしい、と学生には説明している。

ある学生は、箱から中身のティッシュを全部取り出し、水と混ぜて紙粘土のようなものに加工した。そして今度はその紙粘土でボックス全体をくるみ、乾かした上でもとの箱と同じデザインになるようにカラーリングした。「中と外を交換する」という否定の仕方だ。

別の学生は、その場でパフォーマンスをしたいと言う。何をするのかと思ったら、机の上に置いてあった牛乳を、いきなりコップごと床に倒した。あっ、と心の中で叫びつつ、誰もがティッシュのありかを探す。ふだんゴミとして使い捨てられていくティッシュを、場の主役に仕立てようという否定の仕方だ。

いちばん度肝を抜かれたのは、ガムテープを否定せよ、というお題を出したとき。布ガムテープを1人一巻き渡して作品を作らせたのだが、講評を行う教室に入るなり、鼻《び》腔《こう》をくすぐるいい匂いがした。何かと思って近づいていくと、お皿に綺麗《きれい》に盛り付けられた豚の角煮が置いてある。だが、何かおかしい。よく見ると、角煮と見えたのは実は切り分けられたガムテープではないか！　その学生はいったん家に帰り、巻かれたままのガムテープをバームクーヘンを切るように切り分け、醤油《しょうゆ》と酒と砂糖で煮てきたという（ご丁寧に大根も入ってる！）。課題を出したこちらのほうが、一本とられたような気分だった。

あることを言葉で否定するのは簡単だ。でも物で否定するとなると、相手のことをじっくり観察しなくてはならない。結果、その素材の意外な可能性が掘りおこされていく。

芸術における否定とは、実は深い肯定なのである。

いとう・あさ（美学者）「日本経済新聞」二月五日・夕刊

動物の命を思う夏

管　啓次郎

お盆をすぎて燃えるような暑さがやや翳《かげ》りはじめたころ、大阪に行った。天王寺動物園の「戦時中の動物園」展を見るためだ。かつて殺処分された動物たちの剝製の展示。ブチハイエナがいる、シマハイエナがいる、ピューマ、虎、ライオン、北極熊に豹《ひょう》がいる。一九四三年九月が、かれらの受難の月だった。

それ以前から非常時に逃亡する恐れのある猛獣の処分が話題になっていたが、七月、ドイツのハンブルクが大空襲を受け、有名なハーゲンベック動物園が八割方破壊されたという報《しら》せが飛びこむ。猶予はなかった。あるいは、そんな気分にさせられた。そもそも食糧不足の時代だ。代用食や絶食を強いられていた猛獣たちは、毒入りの餌を与えられ、食べて死んだ。

一頭の豹だけが、毒餌をどうしても食べようとしなかった。豹を子供のようにかわいがっていた飼育係が首にロープをかけた。豹は他の職員たちにより絞殺された。むごい話だ。

並ぶ剝製動物たちは、そんな歴史を沈黙のうちに背負ってきたのだ。恐るべき喚起力をもっている。今はガラス玉の目をもつ豹に問いかけてみるといい。きみの生涯を話してください。ヒトという動物をどう思いますか。戦争とはヒトの生殺与奪権を国家がにぎる恐ろしい機会だが、動物たちの生殺与奪権はつねにヒトが独占してきた。そしてヒトは、ふだんそのことの正当性を疑いもしない。

その半月ほど前、南相馬に行った。「動物と震災」と題された、ライフミュージアムネットワーク主催のスタディツアーに参加するためだ。海岸部に新設されたばかりの野生動物焼却場を見学したあと、半杭《はんぐい》牧場を見せてもらった。四十頭の乳牛を飼っていた酪農家だが、原発事故後、牛たちを置去りにして避難せざるをえなかった。

今はきれいに片付けられた明るい元牛舎に入れてもらい、いきなり強い衝撃をうけたのが、つながれていた個々の牛の首が届く範囲内にある木製の柱だ。食べるもののない牛たちは必死に首を伸ばし木を齧《かじ》った。齧られた部分だけが極端に細くなり、流木を思わせる不思議なかたちになっている。牛たちの飢えの痕跡が、無音で悲鳴を上げているようだ。

その場で牧場主・半杭一成さんの体験談を聞いた。牛舎をそのままにして避難するとき、牛を放ってゆけば牛たちには生存のチャンスがあった。だが牛たちが他の牧場に入ってゆくと迷惑がかかるという気持ちから、それはできなかった。つながれたままの牛たちが餓死していることはわかっていた。

七月になって牛舎を初めて開けたとき、そこは暗闇だった。空間をびっしりみたすほどの数の蝿《はえ》がいたのだ。牛たちの死体は、おなじくらいの高さまでの蛆《うじ》の海に浸っていた。隣の牧場でも乳牛はぜんぶ死に、死体は豚に食い荒らされていた。ところが中に一頭だけ、明らかに他よりは新しい死体がある。そして驚いたことに、そのそばに一匹の生きた子牛がいたのだ。

飢餓状態のまま出産した牝牛《めうし》が最後まで生きていたということか。子牛はつながれていたわけではないので、衰弱した母のお乳を吸い、自分で歩いて外にもゆき、命をつないできたのだろう。なんという生涯。あたりをみたす死の中で、ぽつんと生まれ生き延びてきた、比類なき孤独の子。

なんとも強烈なイメージだ。ヒトは人類史の全体にわたり、他の動物たちを徹底的に利用しながら生きてきた。狩り、食い、飼い、奪い、働かせ、死体を利用し、かわいがり、苛め、動物たちの命をほしいままにして。だが、すべてがすべてに関係しながら生命圏が営まれる地球の有限性がここまではっきりしてきた現在、ヒトと他の動物たちとの関係を全面的に見直すことは火急の課題だ。

そんなことを考えるヒントとして、一頭の剥製の豹と一頭の不在の子牛の姿を、この夏知った。さいわい今年、注目すべき一冊の本が出版された。生田武志『いのちへの礼儀　国家・資本・家族の変容と動物たち』だ。ヒトと動物との共闘を説くこの本を、最後にお勧めしておきたい。動物たちが解放されないかぎり、人間の解放もない。生命という大きな約束事の中にあって、近代以後の人間がやってきたことは明らかに度を超しているのではないか。

死から利益を得るシステムがひたすら蔓延《まんえん》する現代社会から出てゆくには、生命への礼儀を学び直さなくてはならない。そのことを真剣に考えていいころだ。

——すが・けいじろう（明治大学教授・比較文学者・詩人）「日本経済新聞」九月二十九日——

決着のはじまり

佐藤雅彦

自宅の勉強部屋を片付けていたら、未使用のノートが一冊出てきた。あまり見ない風采をしている。背は使いやすいリング綴じである。中をぱらぱらと見ると、左ページは水色の一ミリ方眼で、右ページにはやはり水色の横罫線が引かれている。いかにも自分が好きそうな文具である。

ノートの裏表紙を見ると、値段が書かれた四角いシールがまだこびりついている。その古びたシールには、小さな文字で「Caltech」とあり、そうか、仕事で立ち寄ったカリフォルニア工科大学の生協で買った実験ノートだ、と思い出した。もう25年も前のことだ。あまりに自分の好み過ぎて使うのが惜しくなった結果、4分の1世紀、部屋の片隅に忘れられ、放置されていたのだ。

私は、そのノートをじっと見た。緩やかな変色が認められるものの、それは最初見た時と寸分変わることのない方正さを発していた。その方正さは、より正確な記憶を思い起こさせた。そうだ、私は生協の片隅で、その機能的で端正な容姿に一瞬で恋をした。それ故、購入したし、それ故、使えなかったのだ。それでも、そのノートは、一向に使ってくれる様子を見せない主人に向かって、何の非を訴える訳でもなく、自分の容姿を少しずつ劣化させながらも、本質は変えることなく存在していた。

彼女は今、私の企画の伴侶となった。企画ノートとして、日々使っているのだ。正直なところ、使い始めの頃は、やはり端正すぎて、おいそれと下らない案がメモできなかったが、その時に「下らない案も書かなきゃ駄目ですよ」と聞こえてきて、それからと言うもの、何でも書くことができるようになった。実は、ある小さな覚悟を決めてから、そんな声も聞こえるようになったのだ。

ちょうど50年前に故郷を離れ、高校の近くに賄い付きの下宿をした。故郷は小さな漁村で高校がなかったのだ。高校三年生の3月、卒業とともに、下宿を引き払った。入試で忙しい最中の引っ越しで、ろくな挨拶もできずに、自分の子供のように世話をしてくれたおじさんおばさんと別れた。引っ越しのトラックの助手席から見たおじさんとおばさんは少し怒っているようにも見えた。それから毎年毎年、挨拶に行かなくては、と思いつつ、50年近くも経ってしまった。何度も何度も自分を質《ただ》した。「お前は、それで良いのか」

昨年の11月頃、高校のあった沼津市から、翌春に行われる市民センターでの講演を依頼された。私は、この機を逃してなるものか、と思った。その講演に、かつてお世話になった下宿のおじさんとおばさんを招こうと決意したのである。しかし、自分が下宿していたのにもかかわらず、今や住所が分からない。なにせ半世紀前のことだ。しかし、このままでは今回も会えなくなる。

私は必死にGoogleマップのストリートビューで、自分が下宿していたと思われる地域を探索した。高校の位置は分かるから、そこから辿って、毎日通った通学路を下宿に向かってカーソルを走らせた。しかし、新しい道路や建物がたくさんできていて、確か、小高い畑だらけの丘を越えて学校に行ったはずと50年前の記憶を思い起こしても、現実に、そのような地形は見つからない。私は、その方法を諦めた。

私は、高校時代の親友Oを思い出した。Oは、下宿に一度だけ遊びに来たことがある。しかも、今も沼津近郊に住んでいて、中学校の校長をやっていたはずだ。携帯電話に登録してあったOに、数年ぶりに電話した。「いやー、鈴木って名字だけじゃ、さすがに探せないなぁ、下の名前は分からないのかよ」

下宿していた家は鈴木さんという名字であった。下の名前は……、そうだHという漢字が付いていたはずだ。そう伝えても「H夫もH男もH司も単なるHもあるしなぁ」と困らせる一方であった。もう藁にもすがる思いで、何か方法はないだろうかと言うと、「うーん、確か、資料室に沼津市の各戸が出ている地図があったと思う、それには住人の名前も出ていたかも知れない。ちょっと古いけどな……。佐藤のいた下宿は、高校より東側の地区だったよな」

私は、それに一縷の望みをかけた。

数日後、一枚のコピーが送られてきた。私が通った高校の東側一帯の地図であった。友人が言ったように、家屋の輪郭と住人の名前が記されている。鈴木H……鈴木H……、そうつぶやきながら、かつて通ったと思われる地図上の通学路を、迷いつつも辿った。

途中のY字路に、微かな記憶がよみがえった。そうだ、このY字路を毎朝通った！
しかし、送られてきたコピーはその先が切れていた。
友人にもう一度連絡した。さらに東側の地区のコピーがほしいと。

その頃には講演が、あと1カ月まで迫っていた。翌日、新しく送られてきたコピーにも、鈴木Hは見つからない。でも、念には念を入れてと思い、諦めずに、薄くなったコピーの端まで辿った。すると、なんとコピーの右端のもう切れそうなところに「鈴木H」という名前を見出した。しかも、私が住んでいた離れまで、地図は輪郭で示してくれていた。すぐさま、ストリートビューを開き、住所を入力して、今の画像を出した。かつて、畑だらけだった場所にはもう畑はなく、土だった道は全部舗装されていた。鈴木さんちがあったと思われる場所は、すっかり様子が変わっていて、記憶とはまったく違う建物があった。確か、友人は古い地図と言っていた。もしかして、引っ越したってこともあるかもしれない……。机上の探索は、限界であった。もう自分が動くしかない。そこに出かけるしかないのである。
そんな時間があるだろうか。

私は手帳を開けた。大学の入試業務、教授会、卒業式、謝恩会、入学式、ガイダンス、それと企画している番組の新年度用のコンテンツの制作、とてもこの時期、一日空けて沼津に行く余裕はない。――じっと手帳を見ていると、3月のある日、故郷の近く、伊豆・修善寺にある自転車競技を行うトラックでの撮影日を見つけた。この日は、早朝、東京をロケバスで出発し、昼過ぎには終了するはずだ。当日の予定表を調べると、果たして2時撮影終了、撤収後ロケバス移動、6時渋谷着解散とある。私は、西村京太郎ばりに、綿密な鉄道での別行動を企てた。撮影終了後、即タクシーで伊豆箱根鉄道の修善寺駅に行き、そこから35分かけて三島に向かう。三島から沼津までは東海道線で一駅、5分である。多分3時頃、沼津駅からタクシーに乗り、かつての下宿先に向かう。うまく会えても会えなくても、帰りは三島から東京まで新幹線。ロケバスで到着するのと大して時間は変わらず、仕事には支障は出ない。

その日、タクシーから50年前の下宿の地に降り立った私は、ゆっくりと一軒家の玄関に向かった。

その家は、微かに玄関の構えだけに昔の面影を残していた。果たして、ここに、おじさん、おばさんの二人は住んでいるのだろうか。それよりもなによりも、まだ存命なのか。もう80代の後半になりかかるはずである。

玄関の前に立つと、表札に鈴木Hとあった。ああ、おじさんの名前だ。思い切って玄関をあけ、「失礼します」と声をかけると、一人の老婦人が奥から出てきた。そして、私を見るやいなや、「佐藤君……」もうそこからは声にならなかった。

「……あぁ、あなた、あなた、佐藤君よ、佐藤君だってば、」奥から出てきたおじさんは、私を見ると、大粒の涙を流した。二人は私の顔を新聞で知っていた。

「おじさん、おばさん、長年の不義理をお許しください」

私がそう言うと、二人は、黙って、首を振るばかりであった。

25年前、恋したノートはあまりに自分の理想に近くて、大事にしすぎて使わないできた。50年前、自分の高校生活を支えてくれた恩人に、何の便りもせずに生きてきた。そのノートを使うことで、大切な二人に会うことで、私は、自分の人生において、そういうものに決着をつける時期が来たことを確認した。

それが私の、令和のはじまりであった。

さとう・まさひこ（クリエイティブディレクター）「暮しの手帖」6-7月号

アスレチック裏

小山田浩子

その日は社会科見学で、歩いて近所の商店へ行くことになっていた。お店の人にインタビューをして学校に帰って給食を食べて午後の授業でそれを班ごとに壁新聞にまとめることになっていた。学校にはいつも通りに登校して、教室にランドセルなどを置いて鉛筆とノートを持って校門の脇にあるアスレチック遊具の前に集合、木とロープと登り棒とタイヤなどでできたそのアスレチックはかなり大きくて、一度に何人もが遊べる小さいお城のようだった。集合時間まではまだ少し間があって、子供たちは教室で友人同士固まって話したり遊んだりしていた。私は一人で校庭に出て、まだ誰も集まっていない、先生もいないことを確認してからアスレチックの裏側に行った。そこには松葉が長い種類の松とツツジの植えこみと種類のわからない銀色がかった葉っぱの茂みがある。

外遊びで手持ち無沙汰になったときよく行く場所、ツツジには大きなピンク色の花が咲いていていて、だから春の終わりか夏の初めのことだ。今、私の母校は私服になっているが、そのころは基準服というのだった。紺色のプリーツスカート（男子は半ズボン）が指定品で、その上に白いシャツかポロシャツ（襟があって白ければなんでもいい）で靴と靴下は自由、私はその格好で銀色の葉の茂みの脇に座った。学校の中なのにまるで全然違う場所のような、普段は喧騒に満ちた校庭が不思議に静かで空は青くアスレチックが複雑な影を作ってチャイムはまだ鳴らない。葉が銀色と見えるのは表面に細かい銀色の斑点が無数にあるからで、その上に鮮やかなオレンジと黒色が見えた。てんとう虫で、葉っぱの上にたくさん、成虫もいたし蛹やまだ芋虫っぽいイボイボした感じの幼虫などもいた。彼らは家族なのか偶然集った他人同士なのか……地面にはツツジの花が落ちていた。下に落ちている花は変色脱色していたり踏まれて潰れていたりするがたまにきれいなままのものがある。私はそういう花をいくつか拾って、これまた落ちていた松葉に通そうとした。松葉は少しくすんだ緑色でつるつるしていて、細い葉先に筒状で透き通ったピンクのツツジを通していくとV字形のネックレスのようでなんともきれい、鋭い声で名前を呼ばれた。顔を上げると担任の先生がいた。先生は怒った顔をしていた。私は慌てて見回した。アスレチックの砂色の木とロープの向こうに白と紺色の筋が見えた。同級生たちがすっかり揃って整列していた。校舎の時計を見た。もう時間になっていた。チャイムは？　私が慌てて列に並ぶと、子供たち全員が私を非難する目で見ていた。遅《おせ》えよとか先生が探してたのにとかチャイムまでに整列って言われてただろなどというような声が聞こえた。先生は怒鳴ったりはせず淡々とでも怖い声で、あなたのせいでクラスのみんなの出発が遅れましたというようなことを言った。どうするのですか。もっともだ、私が先生だって同じように叱るだろう。でも私はどこか腑に落ちないというか不思議というか、だって私は誰より早く来て、ほんの少しの間アスレチックの向こう、向こうったってすぐ近く、十メートルも離れていないような場所にいて子供の声も先生の声もチャイムも全然聞こえなくて座って一人で幸せでそれが突然こんな、だいたいアスレチック越しに私の姿だって誰かに見えていたっておかしくないじゃないか、私は多分謝ったと思うが謝りながら自分のせいではないような気持ちで、それが伝わったのだろうもっと私を責める子供がいて反対に慰めてくれる子もいて先生は以後気をつけてくださいもう行きましょうこれ以上遅れるとお店の方に迷惑ですからというようなことを言って歩き出し私はぼろぼろ泣きながら歩いて泣いていることをまた責められ親切な子に慰められ泣きながら社会科見学をした。担任の先生の名前も遅えよとかお前のせいでと言ってきた子の顔も親切な子の声もお店の人が何を語り何をノートに書きどんな壁新聞を作ったのかも、私は何一つ覚えていない。でも、その日、見学から帰ってきて食べた給食がホットドッグ（長い薄い色のソーセージを切れ目入りのパンに挟んで小袋入りのケチャップをつける）とプリンスメロンだったこと、それを食べていたら遅刻してあんなに泣いてたくせに給食はへらへら食えるのかよと班の男子に言われたこと、それもそうだな、でもホットドッグにプリンスメロンだぜと思ったことは覚えている。

おやまだ・ひろこ（作家）「飛ぶ教室」58号

医学知識はネタにあらず

沢田隆治

ケーシー高峰さんには私が制作していた番組「花王名人劇場」によく出演していただいた。最初に知ったのは私が学生時代で、ケーシーさんが大阪千日前の「大劇」の歌謡ショーの司会者「坊られい」のころだった。

その時の歌手の名前は覚えていないのに〝ボラーレ〟という当時流行したラテンの歌のタイトルを芸名にして、押しつけがましいしゃべり方がピッタリの顔つきなのでずっと覚えていて、ケーシーさんが坊られいだったことを知っているテレビプロデューサーとして親しくしていただいた。

私よりもかなり年上だと思っていたら、坊られいのころは日本大芸術学部の学生だったときいて驚いたが、最初の印象が強く、常に先輩として接していた。

芦屋雁之助さんの当たり芸だった舞台をテレビドラマ「裸の大将放浪記」にするときは、山下清の徴兵検査のシーンで検査官にケーシーさんを配役したのは彼の医事漫談から連想したものではあったが、心配もあって収録のリハーサル現場をのぞいたら、雁之助さんとケーシーさんのアドリブ合戦でスタジオ中が沸き返っていた。

本番では脱線しないが、その前の空気のまま、なんともおかしいシーンに仕上がっていて、この企画はいけると確信した通り83話も制作する大ヒットシリーズとなった。ケーシーさんにはそれからもうさんくさい人物を演じてもらい、計9回も出演していただいた。

本業である漫談でも黒板と白衣で何度も出演していただいて、いつもスレスレのネタでプロデューサーをドキドキさせてくれたものだ。演芸の世界では日本テレビの「笑点」の演芸コーナーの出演回数が多いことが誇りで、病気で休業されるまでは1位の座を守っていたときいて納得したことがある。

先祖代々医師の家系に生まれて、母親が勲章をいただくほどの産婦人科医で、自分も日大医学部で医師を目指していたと漫談でしゃべっているのでネタだと思っている人も多かった。私に「本当ですか」とマジで質問する人がいたくらいだが、全て本当のことで、医学に関するネタはいいかげんではなかった。ネタにするためのギャグは入れていたが常に新しい医学知識はお持ちだった。

舌がんを完治されてからも、がんについての知識はハンパなものではなく、同じがん患者仲間なのに医者まかせの私は感心するばかりであった。

笑いの世界に独特の世界をつくってきたケーシー高峰さんの穴を埋める人はいまいない。


さわだ・たかはる（メディアプロデューサー）「京都新聞」四月十九日

暮らすことは変化を受け入れること

角田光代

ずっとそこにあった店舗がなくなって、見慣れていたよりずっと大きな空が見えたりするとびっくりする。ぽっかりと空いた空間を見つめて、ここ、前はなんだったっけと一瞬思う。すぐに思い出せることもあれば、なかなか思い出せないことも多い。

一週間前には、まだそこに何かしらの店舗があったはずなのに、それがなんの店だったのか思い出せない。頭のなかに、更地と同じような空白が広がり、漠然とした不安を覚える。それからじわじわとさみしくなる。思い出せないにせよ何かが確実にそこにあって、でも今はない。早晩見慣れない何かがあたらしくできる。そのことがさみしい。けれども、見慣れない何かがあたらしく建って、数日、数週間たってしまえば、それはもう見慣れた景色になって、さみしく思ったことなど露《つゆ》とも思い出さない。それが私たちの暮らしだ。生きるスピードだ。

ところで、私の家の冷蔵庫はしゃべる。正確にはアラーム音だ。冷蔵庫のドアを長く開け放しておくと、ピーーー、と注意を促すアラーム音が鳴る。これが私には声に聞こえる。ほら、開けっ放し！　と言われているように思う。

しゃべる家電はほかにもある。炊飯器や食洗機は「終わったよ！」と言う。ときどき「終わったから早く片付けて！」と聞こえるときもある。

小憎たらしいのは体重計だ。いつもはしゃべらない。しんとしている。けれどときどきしゃべる。どんなときにしゃべるのか気をつけて見ていると、どうも、体脂肪が増えすぎているときに、ぴぴぴぴぴッ、と鳴る。そのことに気づいてからは、その音がもう声に聞こえる。「太ったよッ！」としか聞こえない。いやなことを言うなあ、と顔をしかめてしまう。

それらの音というか声には、すべて「！」マークがついて聞こえていて、私にとってあまり好ましくない。忙しくて余裕がないときなど、「うるさいよ！」「わかってる！」とつい答えてしまうときもある。これらが壊れて、次にあたらしいものを買うときは、静かな機械を買おうといつも思っている。しかしなかなか壊れないので、もう十年ほど、叱られながらいっしょに過ごしている。

以前はどんなふうだったっけ、と考えてみるが、思い出せない。炊飯器や洗濯機はどんな音で作業の終了を告げていたのだっけ。冷蔵庫が注意を促さないせいで、戸を開け放したままにしたことはあったのか。

こういう機械音がなかったからといって、でも、静かだったわけではないだろう。ご飯が炊ける音も、湯が沸く音も、掃除機も、今よりずっと耳障りだったような気もする。思い出せない。思い出せないことに、見知った店舗がなくなったときのようなさみしさすらも感じない。すでに慣れすぎているんだと思う。

ならば、もし今手持ちのしゃべる機械が壊れて、あたらしい無音の機械を取りそろえたとき、私はこの「開けっ放し！」とか「終わったよ！」がない家を、さみしく思うのだろうか。この静かな機械が壊れたら、次はやっぱりしゃべる機械にしようと考えたりするのだろうか。

建物よりも、もっとずっとひそやかに、奥ゆかしく、それまでの存在を気づかせることなく、今まであった音は消えていく。はさみが切符を切る小気味いい音、固定電話のけたたましい呼び出し音、レコードの雨のような音、パチンコ屋さんの前を通ると聞こえたにぎやかな音楽。いつから耳にしなくなったのか、思い出せないくらいそれらはさりげなく消えて、あたらしい音に変わっていく。

変わるだけで、町から、私たちの暮らしから、音が消えることはない。あたらしいにぎやかさ、あたらしい耳障りのなかで私たちは暮らしていく。町の変化にはいちいち戸惑う私も、音の変化は気づかないうちに受け入れて、しゃべる家電に無意識に口答えしながら、この先も暮らしていくのだろう。

けれども一方で、昔からあり続けて、ふだんはなんとも思っていないような音が、いつのまにか聞こえない暮らしにはなってほしくないとも思う。虫の声とか雷鳴とか、どこかの犬の鳴き声、木々の葉のこすれる音、土砂降りに変わる瞬間の音、子どもの澄んだ笑い声や赤ん坊の威勢のいい泣き声なんかが。それらが聞こえない暮らしは、やっぱりずいぶんさみしいと思うのだ。

かくた・みつよ（作家）「赤旗」一月九日

九十九の憂鬱

東山彰良

今年から専業作家になった。

長らく大学で非常勤講師をしていた。長らく、というのは二十五年くらいという意味である。

専業になることに、強いこだわりや憧れがあったわけではない。しかし体力面、精神面、そして生活環境の変化などにより、このタイミングがベストだろうと判断した。

そもそも私が小説を書きはじめたきっかけは、生活苦のためである。いまから二十年前、私の人生はどうしようもなく行き詰《づま》っていた。定職もなく、博士論文は却下に次ぐ却下、皿洗いや通訳をして糊口《ここう》を凌《しの》いでいるという状況のもとで、家族を養わなければならないという重圧にほとんど押しつぶされそうになっていた。私はちっぽけで、だから怒りっぽく、自分を取り巻く現実に苛立ち、酒ばかり飲んでいた。そう、人生に一度や二度はかならず訪れる、自力でなにかを変えなければならない時期に差し掛かっていたのだ。

そこで、私は小説を書きはじめた。ほとんどなんの準備も展望もなく、ある晩家族が寝静まったあとにふらっと書きだして、そのまま二十年間書きつづけている。あの夜、いったいなにが私の身に起きたのだろう？　いよいよ進退窮まって、膿《う》んだ傷口をぎゅっと押したら言葉が出てきた。そんな感じだった。

内側からほとばしる表現欲があったのかどうか、いまとなってはもう憶《おぼ》えていない。そんな余裕はなかったような気がする。それでカネが稼げるとも思わなかった。カネのことをあれこれ思案するのは、いつだってひとつの作品を書き終えたあとのことなのだ。とにかく、書かずにはいられなかった。書くという行為には癒《いや》しの効果があると言われるけれど、これは本当の話である。

書いても書いてもさっぱり売れなかったが、それは大したことではなかった。私にはもうひとつ仕事があって、それでどうにかつつましく暮らしていけた。たとえ暮らしていけなくても、私は自分にできることを骨身を惜しまずにやったのだから、そういう宿命なのだと割り切るしかない。

ただ次の一行を書きたいという想《おも》いだけがあった。作家になってからも、私は相変わらずちっぽけで、怒りっぽく、酒ばかり飲んでいる。しかし、自己嫌悪や劣等感が言葉を磨いてくれることに気づけたのは幸いだった。それまで誰かを不愉快にさせる以外に使い道のなかったそうした感情に、やっとほかの用途を見出《みいだ》せたのだから。弱いカードが三枚、四枚とそろっていき、手札がいきなり飛躍的に強くなったような感じ。それがこのゲームのルールなのかもしれない。

専業作家になるかどうかは問題ではない。ちゃんと生きていくことが重要だった。ちゃんと生きていく、というのは「家族とともに」という意味である。生きてさえいれば、頭のなかでせめぎ合っている新しい言葉を吐き出すことができる。ぴかぴかに磨かれた新しい言葉が吐き出されれば、私は人生に対して少しだけやさしくなれる。あとはテキーラとブルースがあればゴキゲンだ。

だから、執筆以外の仕事もどうにかこうにか耐え抜くことができた。発熱して頭がふらつくときも、横殴りの雪のなかでも、破綻しかけている小説に激しい焦燥感をかきたてられているときも、私は仕事に出かけていった。好きでもない仕事に縛りつけられているのは、なにも私ひとりだけではない。好きなことをひとつやるためには、好きではないことを九十九もやらなければならない。ときにはなんの意味も見出せないその九十九のしがらみが、本当に好きなたったひとつのことを支えている——いまもその考えに変わりはないけれど、歳《とし》を取るにつれて私は息切れがしてきたようだ。

仕事に出かけるたびに、まるで自分が古い車になったような気がした。ラジエーターから蒸気をもうもうと噴き上げている。私という車はもうかなりの距離を走って、ポンコツになりつつある。エンジンをかけるのも一苦労だ。クランクをぐりぐり回してやっとかかったエンジンが止まってしまうまえに、なにか手を打たなければならない。

幸いにして、しゃにむにやっているうちに子供たちも大きくなった。もう間もなく私の庇護《ひご》を必要としなくなる。彼らを育て上げるうえで、私はあたりまえのことを、あたりまえにやってきただけだが、とんでもない偉業を成し遂げたような気がする。彼らのおかげで、私の言葉には幾分重みがついたはずだ。そうでなかったら、私は学ぶべきときになにも学ばなかった阿呆《あほう》だということになる。

そんなわけで、私は専業作家になった。若いころに私をおびえさせた現実は、後塵《こうじん》に霞《かす》む轍《わだち》のように遠ざかりつつある。人生にまつわるエピソードもたっぷり仕入れた。あとはこの道をガタゴト走っていくだけだ。私が集めた人生のエピソードとは、たとえばルベーン・ゴンサレスのピアノにまつわる話のようなものである。彼はキューバのピアニストなのだが、ある日、自分のピアノを白アリに食われてしまった。そのせいで、なんと十年間も音楽から遠ざかっていたのだ!

私が言いたいのはこういうことだ。やむを得ない事情のひとつやふたつは誰にでもある。それでも、物事を変えることはできる。すこしの幸運はたしかにあったほうがいい。だけど、それは必要不可欠なものではない。じつのところ、幸運と悪運は仲のいい兄弟のようなものだ。どちらも物事を変える力を持っていて、どちらも九十九の憂鬱のうちのひとつにすぎない。

ひがしやま・あきら(作家)　「日本経済新聞」六月二日

無花果

岸本佐知子

イチジクが好きだ。あれば必ず買う。買って食べる。手で半分に割ると、中にみっしりピンクと白の果肉が詰まっている。ほんのりと甘くておいしい。

食べながらいつも思う。イチジクほど変態な食べ物はないんじゃないか。だって、これ内向きの花なんですよ。おかしくないですか。

イチジクを食べるとき、なぜかいつも脳内の誰かに向かってイチジクについて熱弁をふるっている自分がいる。

ふつう花って、虫に受粉してもらいたくって外向きに咲くじゃないですか。それが花のそもそもの役目じゃないですか。なのに、え、何？　花、内向きにつけてどうするの？

何考えてるの？　受粉どうするの？　子孫、残したくないの？

そこまで考えて、いや待てよイチジクってほんと受粉とかどうなってるんだろう、と思う。

食べかけのイチジクを置き、検索をする。

その結果、イチジクの実の中にはイチジクコバチという小さな蜂が住んでおり、それがイチジクの受粉を一手に引き受けていることが判明する。

イチジクコバチがイチジクの受粉を引き受ける代わりに、イチジクは実の中でこの蜂を卵から育てている。両者は持ちつ持たれつの癒着の関係にあったのだ。

しかし、イチジク側も「本当にこれでいいんだろうか」と思ったことが一度や二度はあったにちがいない。イチジクコバチとの蜜月関係に特に不満はないけれど、もっと外の世界を知ったほうがいいんじゃないか。もしかしたら他の植物みたいに、自分も外に向かって花を咲かせてみたほうがいいんじゃないか。

そう気づいた瞬間、イチジクはイチジクではない、別のものに進化するだろう。

だがむろんイチジクコバチ側だって黙ってはいない。利権を守るために、気づいてしまったイチジクには受粉をしないなどの妨害工作をするだろう。

はたしてイチジクが変態でなくなる日は来るのか。

イチジクは、字も変だ。

無花果。なぜこれでイチジクと呼んでもらえると思ったのか。普通に読めば、どうしたってムカカ、だ。

イチジクを食べているあいだ、頭の中ではムカカについての考えも始まる。

ムカカ、それはイチジクがなり得たかもしれない別の可能性の果物。ムカカは太陽に向かって大きな白い花を咲かせる。たくさんの蜂や蝶が香りに誘われて蜜を吸いにくる。やがて実った実は、実は、どんな形をしているだろう。なんとなく房状の気がする。色は、そう、黄色。黄色の皮をむくと、中にねっとりと白くて甘い果実が。それはもしやバナナ。

ムカカはあるいは人の名前なのかもしれない。

ガーナあたりの小さな村で暮らす十三歳の男の子。家族のために、熱帯雨林に分け入って果物を摘むのが彼の日課だ。枝に鈴なりになっているのをもぐと、断面に白い汁が血のようにぷっくり盛り上がる。

背負ったカゴいっぱいにその果物を摘んだあと、そこから一つだけ取って食べるのが、ムカカの秘密の楽しみだ。

手で半分に割ると、中にみっしりピンクと白の果肉が詰まっている。ほんのりと甘くておいしい。

そういえば、この木に花が咲いてるの、見たことないな。ふしぎだな。

食べながらムカカは一瞬そう考えるけれど、すぐに頭の中はこの果物の甘さでいっぱいになってしまう。

きしもと・さちこ（翻訳家）「ちくま」12月号

人生の意味深いとき

池内　紀

平成が終わるのに際して、「あなたにとっての平成」とか、「もっとも印象深かったこと」を問われる。さらには、まとまった平成論を求められる。にが笑いしながら、たいていはパスさせてもらう。

元気盛りの40代から老いが深まる70代にかけての30年であって、当然のことながら、人生の意味深いときが何度かあった気がする。

そのときには、とりたてて何も気づかなかったが、気配のようなものは感じていたのかもしれない。丁度《ちょうど》いまのような春を迎えたころで、ある神社の境内で見かけた満開の桜を、まざまざとおぼえている。花弁の白さ、大きさが異様に思えた。桜自体というよりも、そのとき心にわだかまっていたことが視覚に働きかけて、それでよけいに印象に刻みつけられたまでではあるまいか。

「じゃあ、またね」

たしか、そう言って別れた。もう両手の指で数えるほどの年月になる。にもかかわらず、このときの「またね」は少しちがっていた。もう会わないかもしれないなと、心のどこかで感じていた。相手もそんなふうだった。だからこそ、よけいに力をこめて「また」と言ったのだろうか。

元号と同じで、何ごとにも始まりがあれば終わりがある。いつまでも同じではなく、時とともに変化していく。たいていは惰性が入り、くり返しの安直さに慣れていく。気がつくと、体が病んでいた。人とのかかわりが終わっていた。仕事がうわついたものになっていた。夫婦の仲に、修復のつかないヒビが入っていた。

しかし、当のそのときには何も気づかず、何も感じていなかった。それと知らず、人生の意味深いときを生きていた。思えば人生というしろものは、なんとも皮肉で、意地悪なものなのだ。

いけうち・おさむ（ドイツ文学者・エッセイスト）　「信濃毎日新聞」三月十九日・夕刊

池内紀さんを悼む

川本三郎

「困ったことがあったら夜中でもいいから電話して下さい」。家内を亡くし一人暮しをしている私にそう言って励ましてくれた池内紀さんが逝ってしまった。身を切られる思いがする。

池内さんはもっとも尊敬する物書きであり、その飄々《ひょうひょう》とした穏やかな人柄にはいつも心がなごんだ。

五十五歳の時に東大教授を辞め、その後、筆一本で文章を書き続けた池内さんは天性の自由人だった。

権力や権威とはほど遠い。学界や文壇とも距離を置き、自分の知的好奇心のおもむくまま仕事をされた。趣味が確固たる思想になった。

その点で澁澤龍彥、種村季弘ら自由な知識人の系譜を受け継いでいた。核にはドイツ文学があった。カフカの全作品を翻訳し、ゲーテの『ファウスト』にも挑んだ。

ドイツ文学者として愛するドイツになぜナチズムが生まれたかが終生の課題になった。アウシュヴィッツから奇跡的に生還した思索者、ジャン・アメリーの『罪と罰の彼岸』を訳したことは自分にとって大きな仕事だったと語っていた。

さらに最後の書となった『ヒトラーの時代』のなかでは、カフカの小説を全訳し、そのあと評伝を書いている時、「カフカが愛した姉や妹や恋人がアウシュヴィッツで死んだことを、かたときも忘れなかった」と書いている。ここにドイツ文学者としての痛み、そして誠実を見る思いがする。

勤勉でストイックな方だった。朝の三時頃にはもう起きて仕事をする。以前、一緒に温泉に旅をしたとき、明け方目を覚まし、トイレに立とうとすると、隣の部屋で池内さんが黙々と翻訳の仕事をしているのを見て、驚いたことがあった。

大変な読書家だった。だからアンソロジストとしてもいい仕事をされた。井上ひさしや鶴見俊輔と共に編集に関わった『ちくま日本文学全集』はそのひとつ。

テレビは持たず、逆にラジオを愛した。子供の頃、五球スーパーラジオで聞いた芸人たち、川田晴久とダイナ・ブラザーズ、トニー谷、エノケン、金語楼らを懐かしく語った『地球の上に朝がくる』は楽しい本。戦後、ラジオが子供たちに愛された時代がよみがえる。

昭和十五年生まれ。戦後民主主義のなかで育った。だから近年の日本のきな臭い状況を危惧されていた。

ただ直接に政治的発言をする方ではなかった。大きな声は嫌った。

ウィーン留学から生まれた最初の本『ウィーン』に「バロックが叫びであれば、ロココはささやきであろう」とあるが、池内さんはささやきの人だった。

旅、山登りを愛した。それはどこか小さな桃源郷を求める旅のようだった。隠棲《いんせい》への思いもあったろう。

読売文学賞を受賞した『恩地孝四郎』のなかで美術家、恩地の本についてこう書いている。

「図書館には似合わない。大学の研究室には場ちがいである。老舗の古書店の棚がいい」

まさに池内紀さんの本がそうだった。大切な人が逝ってしまった。寂しい。

かわもと・さぶろう（評論家）　「朝日新聞」九月十一日

信じるチカラ

木ノ下裕一

何年も会わないのに、ずっと心のなかの指標となってくださるひとがいる。私にとっては、中学の三年間、美術を受け持っていただいた丸山先生がそうだ。先生は当時、まだ30代で、生徒からすれば母親と姉のちょうど間くらいの存在。そのやわらかい人柄から絶大な人気があった。

授業中は、生徒一人ひとりの机を順に周《まわ》って、創作のアドバイス、時に談笑もする。分け隔てなく、どの生徒にも平等に時間を割いておられた。あれは一年生の時だった。制作に嫌気がさした、ヤンチャな生徒が「たかが美術やん！」と悪態をついた。先生は、すかさず「されど美術やで」と、微笑《ほほえ》んだ。叱るでもなく、切り捨てるでもなく、実にやさしい口調で、その態度がとても自然体で素敵だった。美術部長や美術係など美術と名の付く役割はすべて兼任して、少しでも先生の傍《そば》に居ようとしたのはこの頃だ。

土曜日の下駄箱でのこと、下校しかけていると、先生に「弁当買ってきてくれへん？」と呼び止められたことがある。スーパーは学校のすぐ隣だし、二つ返事で引き受けて、お金を受け取ろうとすると、財布を丸々託された。ずっしりと分厚い財布には、現金だけでなくクレジットカードなども入っている。驚きつつも、自分は信頼されているのだ、と感じ、ひどく嬉《うれ》しかった。

思えば、先生の教育指針は「信頼する」の一言に尽きたように思う。例えば、ゴッホについて学習している時。孤高の画家の生涯を「ひまわり」や「星月夜」などの複製画を教壇に並べて、丁寧に解説したのち、最後に、彼が自殺する前に弟テオに宛てた手紙を紹介してくださった。「僕の絵に対して、僕は命をかけ、僕の理性はその為《ため》になかばこわれてしまった」という一文をゆっくり読み上げ、そして、ひと呼吸おいて「……この言葉の意味は皆さんそれぞれ考えてください」とだけ付け加えられた。すると、まるでタイミングを計ったかのように、実にいい間で終業のチャイムが鳴った。見事な授業だった。

本来なら、あれこれ解説したくなるところを、あえて生徒にゆだねる。受け手の想像力と感性を信じる。その難しさは、まがりなりにも大学の授業や講座などをやらせてもらうようになった今、より身に沁《し》みて感じている。

学校行事の漁港写生会で、ある女の子が、「この方がカワイイから」と、海をピンク色に塗った。茶髪にピアス、ルーズソックスの女の子だった。引率の先生たちがこぞってその写生態度の不真面目さを窘《たしな》めたり、呆《あき》れたりする中、丸山先生だけが「きれいやと思うけどなァ」と言ったのを覚えている。どんな理由にしろ、今は「ピンクの海の感性」を信じ、愛《め》でてあげたいといった感じだった。

総じて、人が不安になる時は、何かを信じられなくなった時だ。家族や仲間、社会、そして自分自身……それらを信じられなくなった途端、私たちの眼《め》は曇り、世界がくすむ。先生はよく、美術とは「自分で感じ取ったものを、美しいもの、よいものにするために手順や計画を考え、つくりあげていくこと」だと言っておられたが、これは芸術行為に限らず、仕事や暮らし、〝生きていくこと〟すべてに通じる。そのためには、まず世界を信じて、ちゃんと感じ取ること。先生にとっての美術は、世界をより〝美〟しくするための〝術〟だった。まさに「されど美術」。

私は、先生からもらった消しゴムを守り袋に入れて、今もずっと携帯している。不安に襲われた時、ポケットの中で握りしめると、不思議と、視界に色彩が戻ってくるような気がする。

きのした・ゆういち（木ノ下歌舞伎主宰）「日本経済新聞」三月九日・夕刊

お菓子の家

木皿　泉

　子供の頃、私の未来はここにはないと思っていた。ここことは家族で住んでいた2LKの社宅のことである。私と妹の部屋は階段を上りきったところにある廊下のような場所にあって、その二畳ほどの所に学習机を二つ無理やり押し込んでいた。その隙間に布団を敷いて二人で眠るのである。廊下なので階段を上ってきた人は必ずそこを通るわけで、私は踏まれないよう気をつけながら、そこで様々な物語を読みふけり、いつもここではない場所のことを考えていた。

　その話をダンナにすると、トイレと洗面所のついている部屋を与えられていた一人っ子の彼は、自分の未来はここにはない、なんて考えたこともなかったと言う。同じような子供時代を送っていたと思っていたのに、ずいぶん違うものである。

そういえば、兄もそんなことを考えたことはなかっただろう。私たちと違って四畳半の部屋を一人で独占していた。机は明るい南側の窓に向いていて、なぜか彼だけベッドで眠っていた。そこには兄専用の本棚があって、全集が詰まっていた。私が親に買ってもらった本は二冊だけだというのに、兄はリーダーズ・ダイジェストという雑誌も定期購読してもらっていた。

そんなふうに厚遇されていた兄が羨ましかったかというと、そうではなかった。兄はそれらの代償を払っていたからである。父から勉強をしろといつもプレッシャーをかけられていた。

家庭教師が来るようになり、私は夕御飯を運ばされた。母の見栄だったのか、なぜか彼らの食事だけは決まって洋食で、ご飯は茶碗ではなく皿に盛ったものを持って行かされるのである。兄は機嫌よくそれらを食べていたが、私から見ると逃れられない囚人のように思えた。家庭教師が来る時だけではない。兄の食事はいつも特別で、例えば肉が大盛りだったりする。私は、まるで童話に出てくるお菓子の家のヘンゼルみたいだなと思っていた。牢《ろう》に押し込められ、魔女が食べるために丸々と太らせるというあれである。

兄はごちそうを食べさせられ、私や妹はグレーテルみたいに家の用事を言いつけられる。

私は母に聞いた。なぜ兄ばかりをここまでえこひいきせねばならないのか。すると母は、将来兄に養ってもらわねばならないからだと答えた。私はこの家にいる限りグレーテルである。それならばと、親にはハイハイとよい娘を演じながら、虎視眈々《たんたん》と家を出る隙をうかがっていた。


失言をする人がいる。パワハラとか、セクハラとか、なんでそんなこと言うかなあと首をかしげる。そういう人たちは、お菓子の家に住んでいたんだなと思う。丸々と太らされて、目の前に差し出されるお菓子ばかり見て、なぜそんなものが自分の前にあるのか、考えたこともない人たちが、この世にはいるのである。そういう人たちには、周りの人は自分のためにいるというふうに見えているのである。

そういえば兄が高校の時、女性蔑視の発言をしたと言って親が呼び出されたことがあった。私は兄が悪いとは思えなかった。そういう家で暮らしてきたのである。

兄はお菓子の家から一番に出て行った。就職早々、東京勤務になったからである。外に出て、会社や新しい家庭で価値観の違いで苦労したのではないかと想像する。

その後、妹が結婚して家を出て、結局、私一人が残ってしまった。誰もいなくなると、私がヘンゼルに格上げされ、家の手伝いも免除され、兄並みに厚遇されるようになった。社宅を出て、私の部屋は八畳になっていた。どうやら、私に将来面倒みてもらおうと方向転換したようだった。

持ち家になっても、やっぱりお菓子の家だった。ちやほやされてろくなことはないと思っていた。はやく出てゆかねば、私も勘違い人間になってしまう。

両親が老いてから出るということになると、捨てたという罪悪感にさいなまれそうである。何としても親が元気なうちに出てゆかねばならない。結局、家を出たのは私が三十一歳の時だった。出ると決まったら、母から散々脅された。毎日ご飯を作ることがどれほど大変なことか、トイレットペーパーがなくなったら自分で買わなければならないのだとか、勝手に服がクリーニングされていると思っていたら大間違いだとか。

母は私といつまでもべったりと一緒だと考えているようだった。私は母に本当のことを言った。ずっと一緒に人生を歩むことなどできないということ。私と母の人生は別なのだということを告げた。その時、母は「あ、そう」と何事もないふうだったが、それから何年かは母から電話がかかってくることがなかったから、こたえたに違いないだろう。

時々、社宅のことを思い出す。父が作ってくれた砂場。ブドウの棚や剝げた門扉のペンキを塗るのも父だった。女であるということで低く見られていたが、よくかわいがってもらった。

子供たちはみな六十歳を超え、こうあって欲しいという親の願いはどこかへ消えた。父も亡くなり、現在、母が一人で暮らしている。誰の世話もしなくてよくなり、お菓子の家の主であった母はようやく自分の人生を生きている。

きざら・いずみ（脚本家）　「日本経済新聞」三月三日

梅雨の前に

奥本大三郎

桜が終わって、花びらがひらひら舞った。すると、文句を言う人がいるから呆れる。花はいいけれど、花びらが落ちて地面にへばりつくのが掃除しにくいと言うのである。お隣の塀の外から桜の大枝がはみだしていたりすると、伐れと圧力をかける人もいる。

不忍池でも、土手の花が終わると、花びらが動物園側の隅の方に吹き寄せられて桃色の巨大な幔幕が水面に浮いているような具合になる。川を流れていくなら花筏という風流な名で呼ばれることになるけれど、あれは溜まって、やがて沈むのだろう。そうするとヘドロと呼ばれる。

花びらの散るのにも文句を言っとかないと損をする、と考える人がいる。自分はこの世の中で、何か損をしているのではないか、損をしたら大変だと、ほとんど病的に恐れる人が増えてきたようである。

他人のために道を掃いて綺麗にすると気持ちがいい、と考えたのは昔の日本人である。今では、それはお役所の仕事、電話をして文句を言おう、当然の権利だ、という権利意識が旺盛になった。これも近代化、ということなのか。

実際に役所の方でも、うるさく言ってくる人から順番に対処する。それはまあ、当然であろう。

ファーブル昆虫館のそばに大きな銀杏の老樹があった。ある時、ふと窓の外を見ると重機のバケットが見えて、中に人が乗っている。ただならぬ気配に、驚いて窓際に行くと、重機は隣にもう一台あって、輪切りにした巨大な材木を吊り下げ、運んで行こうとしている。そんな話はきいてないぞ。

秋になって、夕日の中を金色の小鳥が一万羽、舞い散る風情をもう何十年も嘆賞してきたが、その落ち葉を憎む人たちが、役所に伐らせたのである。

この辺りの住民もたいてい一人暮らし、というか、子供たちがみんな出て行って、本人は歳をとっている。落ち葉を掃き集める体力がないらしい。体力がないなら、落ち葉ぐらいほっておけばいいと思うけれど、地面に散っているのが我慢できないのだという。

年輪を読もうと伐り株を見に行ったら、樹齢は80年くらい。驚いたことに、小さい穴がいくつも開けられてあった。早く腐るようにと薬品でも注入したのか。こんなことをして樹木の祟りでもなければいいが、と恐ろしいような気がした。

人間ばかりではない。不忍池の住人は、鯉や大鷭《オオバン》や川鵜《カワウ》だが、連中までが花びらに文句を言う。

鯉「空気を吸おうとぱくぱく口を開けたら、桜の花びらが口に入る。吾輩のヒゲにもまとわりつく。池の水面をちゃんと管理してくれないと困るではないか。いっそ、中国から草魚でも輸入して、食べてもらったらどうかね。草魚大人なら、草食だし、図体がでかいから、植物質のものはなんでも片付けてくれるだろう。もっとも蓮が食われてなくなっても知らんがね」

大鷭「枯れ蓮の間で餌をあさっていたら、私の白い頭に花びらが貼り付いて不快です」

川鵜「水からあがって、さあと、ボートの船べりに止まって翼を広げ、羽根の雫をぼとぼと落としていると、上からはらはら花びらが落ちてくるね。僕に似合うんじゃないかね」

というようなことを池に住む連中が喋っていたかもしれない。

そんな季節が、今年はうやむやのうちに過ぎ、だんだん蒸し暑くなってきた。どうせ毎年異常気象なのだから驚かない。

梅雨になってからだと嫌だから、今のうちに散歩を楽しんでおこうと、平日の三時半ごろ、仕事をほったらかしにして、千駄木から都バスに乗った。

不忍通りをまっすぐに、池之端一丁目で降り、交番のそばの草地のカラスノエンドウの花をしばらく眺める。よく茂って美味しそうだと、兎なら思うだろう。戦争中だったら、みんな「柔らかそう、これ湯いて食べられないか」と考えたはず。

蝶はヤマトシジミぐらいしかいない。ベニシジミぐらいはいてもいいのに、この頃は草刈機のいいのができて、ジャーンと、短く根元から刈ってしまうので、蝶の幼虫の食べる植物（食草）が育たないのだ。この池の周辺に住む昆虫の種類数も個体数も、ちかごろ、確実に減っている。

あんまりいつまでも見ていると挙動不審者になりかねないので、（監視カメラでは、もう、そうなっているけど）池之端門から、動物園に入ってみることにする。

ここのモノレールは、日本で最初に造られたものだと聞いているけれど、もうじき撤廃するんだそうだ。その下あたりで工事が始まっている。看板を見ると、パンダ舎がここに移ってくるのだという。

パンダか――そういえば、昔々、日本の動物園にジャイアントパンダがいなかったころ、はるばるロンドンまで見に行ったなあ、と想い出す。そしてロンドンのどこだったか、カモメが、人の投げたパン切れを空中でキャッチするのを見て、感心したことがあった。

あの頃は日本に、そんなふうに人間になれた野鳥はいなかったようだった……それが今は、どこに行っても「野鳥に餌を与えないでください」というような注意書きだらけだ。だけど、公園の池はコンクリートで固めてしまって、小動物の住処はないし、池の中は飢えた鯉だらけで、水性昆虫も何もいない状態だ。野鳥だって、食い物はないだろう。ここの池は素泊まり専用なのだ……

池の縁を少し行くと、ケージの中で、四十雀雁《シジュウカラガン》が大騒ぎをしている。一羽が、首を伸ばし、腰の曲がったお婆さんのように、姿勢を低くしてガーガー鳴きながら、他の個体を追い払っているのである。

この池の対岸あたりが舞台になった、森鷗外の『雁』の発端は、学生が石を投げて、それが雁に当たって死んでしまうのだった。

明治の初年には、野生の雁がそんなにたくさん、東京にいたのか。江戸幕府がしっかりしていた時代には、庶民が雁を殺すなどしたら、たいへんな罪になったはずだが、明治新政府には、そういう取り締まりの余裕がもうなくなっていたのであろうか。近所には、「雁鍋」という料理屋もあったらしい。

うるさく騒ぎ立てる四十雀雁のそばに、たった一羽、超然として丹頂鶴がいた。なんという羽根の白さ。なんという気品。お殿様の鷹狩りの獲物にぴったり。

それが退屈そうに、餌の鯵を黒い嘴でいじっている。死んだ魚を水の中で立ててみたり、放してみたりして、なんとか生き返らせようとする子供のように、あれこれ試みるのである。

別に腹は空いていないので、遊び半分であるらしい。それでも、1匹だけ食べて、また別ので遊んでいる。なんだか、色の白い、細い、背の高いお嬢様が、うつむいて、長い箸で、食べたくもない料理をつついているようなぐあいである。

その隣が鸛（コウノトリ）なので、つい比べてみる。同じように白くて背の高い水鳥であるが、こちらはいかにも目つきが鋭い。丸い目にきつい瞳があって、こちらをきっと睨んでいる。毎日一緒に暮らすなら断然丹頂さんのほうであろうと思った。

おくもと・だいさぶろう（フランス文学者・ファーブル昆虫館館長）「うえの」6月号

ベストフレンド4ever《フォー》

山田詠美

奥さんの美智子さんから亡くなった知らせをいただき、翌日すぐに阿佐谷の御自宅にうかがった。最後に顔を見てやって、という美智子さんの声に促されて覗き込んだ安部さんの顔は、すやすやと気持良く眠っているように見えた。でも、来たよーと言って頬に触れたら、とても冷たかった。やっぱり死んじゃったんだ、と思った。

実は、その二日前、私は安部さんの夢を見た。往年のハリウッドスターが運転するような派手なキャデラックに乗った彼が私の家の前に横付けして、驚くこちらに向かって笑いながら手を振るのだ。

目を覚ました私は、隣に寝ていた夫にその話をして、呟いた。まさか、安部さん、死んだりしないよね、と。でも、死んじゃってた。親しい人が、亡くなる前に、そんなふうにして会いに来てくれる経験を、私は、これまでにも何度かしている。そのたびに、やるせない気持で、知らせてくれてありがとうと心の中で手を合わせて、礼を言う。そして良い旅を、と。

安部譲二さんが、自らの服役中の体験を元に『塀の中の懲りない面々』を書いてデビューし、一躍、時の人となったのは一九八七年。その二年前にデビューした私は、黒人との性愛を大胆に臆面もなく描いた、と文壇のビッチ扱いされていた。このお騒がせな二人なら好カードじゃないか！　と編集者が膝を打ったかどうかは定かではないが、すぐさま対談の企画が持ち込まれ、安部さんと私の対面と相成ったのである。

いや、しかし、その対談の一回目は実現しなかったのだ。当時、私は、同居していたアフリカ系男性と問題を抱えていて、あろうことか、対談当日に大喧嘩。それでも時間に遅れる訳には行かないから、罵声を浴びせる男を無視して家を出ようとしたらつかまった。そして、そのまま、ずるずると引き摺られてベッドの脚に手錠でつながれてしまったのである。

うわーん、サムバディ　ヘルプミー!!　などと叫んで抵抗していた私だが、どうにもならなくて、その日、初対面となる筈の安部さんとの逢瀬は叶わなかった。つまり、すっぼかした。

これは、あっちゃならんこと。まーったく私の信条に反する、と猛省した私は、安部さんに長い手紙を書いた。正直に事の次第を打ち明け、ひたすら詫びた。すると、二日後、美しくラッピングされた大きな箱に入った薔薇の花束が届いたのである。その、いかにも高価な花々の間にはカードがはさんであり、こう書かれていた。

「詠美さん、いつでもうちに逃げていらっしゃい。あなたの居場所くらいなら、いつでも確保出来ますよ、安部譲二より」

ほっとして力が抜けると同時に泣けて来た。仕切り直しとなった対談は、これ以上ないくらいに和気あいあいとした雰囲気の中で行なわれ、大成功。こうして、私と安部さんは友達になった。

あれから三十余年。何かの折りに、安部さんは、葉書やら手紙をくれたが、その書き出しには、いつも、こうあった。

「詠美さん、おれの親友」

嬉しかった。でも、同時に、私は、その言葉に、ひどく照れていたと思う。私にとっても、とてもとても大事な友。そう実感しているくせに、会えば気恥しくて、ものの解った姉御のような態度をとってしまうのだ。二十以上も年上の男なのにさ。しかも、元ヤクザにだよ？

でも、この元ヤクザは、ただの元ヤクザじゃなかったんだ。私の家で手料理を振舞い、にぎやかな宵を過ごした時には、二人で踊った。安部さんは華麗なステップで私をリードした。何たって、ロンドン育ちのお坊っちゃまだもんね。英語だってお手のもの。クィーンズイングリッシュだ。あれ？　極道だったんだよね？　と面食らう。そのチャーミングなギャップに、どれほどの女が泣かされて来たことか。

理想の男は安部譲二と打ち明けたのは、画家の故・佐野洋子さん。それなら、と彼女の家に安部さんを呼び出した時は泣かんばかりの感激ぶりだった。こんな男をすぐに呼び出せる私、少しは佐野さんに尊敬されちゃったかも。役得？

安部さんに最後のお別れを告げた日、御自宅の居間で、美智子さんに、ありし日の安部さんの映像を見せてもらった。NHKの番組で、彼の父のルーツを探りにロンドンを訪れるドキュメンタリーだ。それは、彼の育ちの良さを物語るものだったが、身を持ち崩した理由についてこうも言うのだ。

「おれ、ヤクザを任俠って受け取っちゃったのね」

なるほど。確かにその言葉はあなたに相応しい。愛し愛され、憎み憎まれ、それでも任侠という古臭くもいとおしい矜持を大事に、存分に濃く生きた。

さようなら、安部譲二さん。

あたしの親友。

やまだ・えいみ（作家）「婦人公論」10月23日号

愛しの「国語辞典」様

福島暢啓

私は大阪にある放送局で、かれこれ一〇年ほど「アナウンサー」という肩書で仕事をしている。カメラの前に立ち、マイクを通して自分の声が何万という人の耳に届く毎日を過ごしているわけだが、思えばこれは誠に恐ろしいことである。

「ら抜き言葉」など使おうものなら、視聴者センターの電話がすぐに鳴り、「最近のアナウンサーは……」とお叱りの声が届く。普段の会話ならば気にも留められないような表現も、視聴者の怒りの種となる。常に自分の口から出ることばが衆人環視の中にあるのだ。これはなかなか生きにくい。日々のことなので、うっかり忘れそうになるが、時折自分の立場を思い出し、夜中に飛び起きては、明日の仕事への恐怖に取り囲まれ眠れなくなる。なんでこんな思いをしなくてはならないのかと、酒場で同僚に管を巻くこともしばしばである。

少々愚痴っぽくなってきたが、そもそも私は、アナウンサーという職業に就くはずではなかった。

高校時代は辞書の編纂者に憧れ、日本語学に青春を捧げるつもりで大学に進学した。なぜわざわざ「つもり」ということばを附したかと言えば、ついうっかり入部した落語研究会にどっぷりと入りびたり、学問よりもネタの稽古に精進してしまったためである。辞書好きであると同時に大のテレビっ子で、特に演芸番組を好んで視聴していた幼少期が災いした。落語・漫才・講談・浪曲と、演芸三昧のキャンパスライフを過ごす、不良研究生となってしまった。図らずも演芸ファンであった指導教授の大きな理解がなければ、卒業も危うかったかもしれない。そんなこんなで辞書編纂者の道は人生の序盤で早々に諦め、放送局に就職した。当初は営業職を志望したのだが、人手不足に悩んでいたアナウンス部の部長からの誘いで、辞令を受けてアナウンサーとなった。

ひょんなことから始まったアナウンサー生活だが、考えてみれば、辞書の編纂者も、アナウンサーも「ことばのプロ」であることに変わりはない。国語辞典は現代のことばを映す「鏡」であると同時に、人々のことば遣いの規範となる「鑑」でもあることはよく言われるが、この「鑑」という性質は、公共の電波を主戦場としているアナウンサーにも求められる。ことばは時代によって変わるものだが、その変化を取り込むのには慎重な態度が必要となる。だからと言って全く変えないわけにもいかない。ここが難しいところで、変化を受け入れるタイミングは放送局や個人によって案外開きがある。「真逆」を認めるか？「河川敷」は「かせんしき」か「かせんじき」か？タピオカは「食べる」ものなのか、それとも「飲む」ものか？どのことばを選ぶのが放送として相応しいかという悩みは、この仕事をしている限りついて回る、いわばアナウンサーの宿命である。

この宿命は、重く苦しみを伴うものだが、煩悶を繰り返していると、だんだん病みつきになってきて、ついには快楽や興奮すら覚えるようになる。自らややこしいことばを探して、街を彷徨い歩くようになる。「ちょっとアブないヤツだな」と感じた読者もいるかもしれないが、きっと辞書編纂の現場に関わる方の中にも、この気持ちをわかってくれる人がいるはずだと、私は信じているし、勝手に強い親近感を抱いている。国語辞典を手に取るたび、同じような癖（クセかヘキか、お好きなほうでお読みください）を持った人たちの営みの幻影を手のひらに感じ、震える。「俺がお前で、お前が俺で」というセリフが頭を駆け巡り、あずき色をしたベルベットのような手触りの表紙が、愛おしく肌に吸い付く。

この原稿を書いている机上には、『岩波国語辞典』第七版新版が置いてある。我々が死んでも使うなと言われる「ら抜き言葉」(「れる」の項参照)さえも、(意図的に抜くのでないから適切には「ら抜け言葉」と呼ぶべきか)とクールに評するスタイルに定評がある。やや火照った心持で「アナウンサー」ということばを引いてみた。

アナウンサー　アナウンスする人。放送員。▽announcer

あっさりしている。熱っぽく語ってしまった自分が恥ずかしいくらいに、簡潔である。これだ。これなのだ。このクールさ。たまらなくかっこいい。

まだ手にしていない第八版にはいったいどのような語釈との出会いが待っているのだろうか。部屋の本棚に無理やり作った四センチ余りの隙間を、今日も眺めている。

ふくしま・のぶひろ(アナウンサー)　「図書」12月号

体重計が測るもの

久保友香

ある夏の晴れた日、午前中の研究ミーティングを終え、家の最寄駅に戻ったのは、いつもより早い昼下がりだった。駅前にめずらしく献血バスが止まっているのを見て、私はふと高校時代のことを思い出した。

通っていた女子校では、年に二回の健康診断があった。私たちはその日にある一つの測定のために万全の準備を行った。何に向けての準備かといえば、体重測定である。誰かが「朝食をぬいてきた」と言えば、「私は昨日の夕食もぬいた」、さらには「昨日髪を切ってきた」と言う人もいた。そしてついに「昨日献血をしてきた」という人まで現れた。今でも健康診断の日のおなかがすいてふらふらしていた感覚を思い出す。そしてその放課後には皆でケーキの食べ放題に行くのだが、一口目のケーキの胃に染みわたる感覚を思い出す。

高校を卒業して大学の工学部に進んでからは、定期的な健康診断も無くなり、体重は家の体重計で測るようになった。かつてのなごりで、体重を測るのは最も空腹になる、朝食の前と決めていた。十年くらい継続していたが、ある日、尊敬する先輩に「正しい値を得るためには、一日に複数回、例えば朝と夜に体重を測って平均値をとるべきだ」と言われた。その通りである。

私は大学の実験の授業で「ものを計測する時は、複数回計測し、その平均をとる」という基本を習っていた。朝食前の計測結果だけで体重を定めることは、科学的には「嘘」である。ましてや、高校時代の友人のように、献血後という特殊な状況の計測結果で体重を定めることは、計測データの捏造という「大嘘」である。私は、大学での実験ではそれを守っていたのに、体重を測る時にはすっかり忘れていた。これから研究者の道を生きていこうとする、論理的であるはずの自分の中に、非論理的な要素を見つけてしまったことが悔しくて、体重計を捨てた。

それから五年ほど経ち、私は大学で研究員として働きながら、日本の女の子たちの「盛《も》り」という行動の研究を始めた。彼女たちがプリクラの画像加工で作る「デカ目」の顔写真や、スマホカメラで作りこむ非現実的な「インスタ映え」写真などは、大人たちにとって不可解で、「嘘だ」「詐欺だ」と批判されることも多い。確かに「写真」という字のごとく、写真が「真実を写す」ためのものならば、それは「嘘」になる。しかし、多くの女の子たちにインタビューし、集めた声を分析していくと、「嘘」と言われる行動にも、彼女たちなりの論理があり、必ずしも「嘘」とも言えないことがわかってきた。それを『「盛り」の誕生　女の子とテクノロジーが生んだ日本の美意識』(太田出版)という書籍にまとめた。

女の子たちにインタビューしてわかったことの一つに、彼女たちが、自身のビジュアルを評価するとき、客観的かつ定量的に評価する「ものさし」を求めていることがある。例えば彼女たちは、ブログやSNSに、自身が写った写真を積極的に投稿し、それに対するアクセス数や、「いいね」の数、写真の保存数などの数値を気にしている。

そのようなインターネット上のサービスが登場するはるか前から使われていたのが「体重計」である。本来、理想的なビジュアルであるかどうかの評価を、「体重の少なさ」だけでするというのは最適でない。しかし、どの家庭にも普及し、そこに乗るだけで測れるというほど利便性の高い計測技術は「体重計」しかなかったから、それが「ものさし」

として使われるようになった。

女の子たちにインタビューしてわかったもう一つのことに、彼女たちは、ありのままのビジュアルよりも、ビジュアルを作るための「努力」に対する評価を求めていることがある。例えば彼女たちはよく、動画投稿サイトに、自身の化粧のプロセスを撮影した動画を投稿する。出だしで、あえて映りの悪いすっぴんの顔を見せることが多いのは、化粧のプロセスの効果を強調するためである。私がインタビューした女の子の一人は「すっぴんを褒められてもうれしくない、努力を褒められたい」とはっきり答えた。

高校時代の私たちが「体重計」で知りたかったのも、ありのままの絶対的な体重ではなく、食事をぬいたり、髪を切ったり、献血をしたりなど、「努力」で得られた相対的な体重だったと思う。「努力」のプロセスを記録する方法はなかったので、友人たちと口頭で報告し、評価し合った。私たちにとって体重計は、「体重を測る」ための装置というより、「努力を測る」ための装置だったのだ。そう考えれば、体重測定前に、食事を抜く、血液を抜くという行動も、「嘘」ではない、論理的な行動である。それがわかり、私はかつて自分自身を咎めた非論理性の罪から、解放された。

ここまで書いてきてなんだが、私たちの「努力」とは、それほど真剣なものではない。

私たちにとって「体重計」は、「ステージ」のようなものでもあった。芸能人も「ステージ」の上では、ある意味「嘘」をついてでも、実際よりも良い姿を見せようとするだろう。私たちは「体重計」の上で、それを真似したのだ。芸能人には「観客」がいるが、一般の女の子たちに「観客」などいない。だから、体重計の「目盛り」の反応を、「観客」の反応の代わりにしていたのだ。体重測定後のケーキ食べ放題は、終演後の打ち上げである。「体重計」は、結局、私たちの「ステージ」ごっこに使われるおもちゃとして、愛されていたように思う。

くぼ・ゆか（東京大学大学院特任研究員） 「群像」11月号

散歩の範囲　狭くて驚き

黒井千次

　時折、あれ、と思って立ち止《ど》《ま》ることがある。これまでほとんど考えもしなかったようなことに不安を覚え、どうしよう、と迷いが生じる。たとえば、電車や飛行機に乗って少し離れた所まで一人で出かけねばならぬような場合である。一人で行けるだろうか、大丈夫だろうか、と心配している自分がいるのに気づく。

　少し前までは、そんな不安を感じることはなかった。外国とまでは言わなくても、国内の遠隔地に出かける時なども、旅は一人が気楽でよい、と考えてさっさと支度に取りかかったものであったのに、最近は、待てよと一瞬迷うようになった。漠とした不安が身の底で揺れているような気がする。不安の正体は、どうやら自分の体力の不足とか、気力の衰えとかに対する怯《おび》えに発しているらしい。大丈夫だろうか、無事に帰って来られるだろうか、と心配している気配がある。事故や急病といった明確な事態の発生を心配しているわけではない。それほど形のはっきりした不安ではないもっと漠とした自信の無さが、ひそかに生《うま》れてしまっている。その結果、ここより先はもうダメ、といった立入禁止の領域を自分で作ってしまう傾向がある。

いささか情《なさけ》ない話だが、そんなふうに考えるのが自然である、と思われる。そしてこのような姿勢が自分の胸に生れたのは、なにか特別の事態に旅先でぶつかったとか、事故が身近に発生したためとかいうのではない。むしろ、さりげない日常の暮《くら》しの中で出会う体験が積み重なって、いつか不安の領域を生み出したのではなかろうか。

日常生活の中でぶつかる瑣事《さじ》とは、たとえば日々の散歩を巡って感じることなどである。ある時は、何も考えずに散歩の足を少しのばしてやや長い坂を下ったところ、帰りにその坂を登ろうとするとそれが困難で、タクシーでも呼ばなければ帰れないのではないかと慌てる失敗をした。その折には遠廻《とおまわ》りしてなんとか無事に帰宅したのだが、坂を下りる時には登りのことを考えておかねばならぬ、と痛感した。

またある時は、これも散歩についてだが、ふと気がつくと自分の歩く範囲が著しく縮んで小さくなってしまっているのに驚いた。かつては何も考えずに下駄を履いて出かけていたキウイの畑や、幾つかの学校の並ぶ土地などがごく自然に散歩の行先となっていたのに、今の感覚では、そこはバスに乗るか、タクシーでも利用しなければ容易に出向く場所とはならぬことを知らされた。たまに車に乗せてもらってその辺りを走ると、自分は以前、本当にこんな所まで歩きまわっていたのか、と容易には信じられぬ気分を味《あじわ》うほどである。

これは家から出て外へ向《むか》う折の話だが、同じようなことは他の様々の場面でも起《おこ》っているに違いない。

昔はなんでもなかったようなささやかなことが、知らぬ間に、力を尽くしても容易に遂行出来ぬ難事となってしまっている。自分を取り巻く状況が変《かわ》ったわけではない。こちらが心身ともに老化して力を失っただけのことだろう。

客観的にはそうであっても、しかし老いたる本人にとって事態は深刻である。なにやら自分には禁じられた地帯が自分を取り囲んでいるらしいのだから。しかもその黒い帯にも似た領域は少しずつ広がる気配を示している。

このまま動きがとれなくなったらどうしよう――。

生きる場が狭いことは、深さを増すことにでもなればいいのだが。

くろい・せんじ（作家）「讀賣新聞」七月二十日・夕刊

毎日が新しいという生き方

最相葉月

某日午後2時、東京都内の高齢者介護施設の食堂でレクリエーションが始まった。20数名のお年寄りに、機能訓練士のNさんが話をする。テーマは、若者の街としてにぎわう渋谷のことだ。「みなさーん、渋谷駅を通る電車ってたくさんありますね。何線かわかりますか?」

Nさんの質問を受けて、次々と手が上がる。「JR!」「井の頭線だ」「そうですね。まだまだありますよ」「半蔵門線」「地下鉄ですね。日本で一番古い地下鉄もあるでしょ」「銀座線!」「はい」「東横線!」

「そうですね。東急東横線は昔は桜木町駅が終点でしたけど、横浜駅から新しい線とつながったので桜木町駅はなくなりました。今はなんていう駅でしょうか?」「はーい」

「○○さん、どうぞ」「桜木町！」「桜木町！」「ええ、前は桜木町が終点でしたね。でも桜木町駅はなくなったんですよ」「はい！」「△△さん、どうぞ」「桜木町！」「はい、昔は桜木町でしたね。今は桜木町駅はなくなって元町・中華街駅っていうんですよ」「……」

Nさんは最新ニュースから昔話まで、お年寄りの得意分野にふれつつ頭の体操になるように話を進める。東京と横浜を結ぶ東横線の桜木町駅が廃止されたのは、15年前の平成16年。入居者の年齢を考えると正解できそうだが、幼い頃からなじんだ駅名のほうが記憶に深く刻まれているためか正解がなかなか出なかった。間違っても答えられるのはまだ元気な人で、私の母のように重度の認知症だと座っているだけだ。それでも部屋に閉じこもっているより明るい場所にいたほうが刺激になるため、よく参加させてもらっている。

認知症といっても一人ひとり様子は異なり、元気な頃の働きぶりが想像できる人も多い。「おなかがすいた、腹ぺこだー」と歌いながら廊下を歩くのが日課のYさんは大学教授だったそうで、編集者が来る約束になっているがまだ連絡はないかと職員に詰め寄り、「確認しますので部屋に戻ってくださいね」と言われているのを何度か目にした。頭から否定せずにいったん要求を受け止め、部屋に移動するうちに忘れてもらう方法がとられているようだ。

認知症の人とのコミュニケーションは介護の大きな課題で、私自身も長らく試行錯誤してきたが、若年性アルツハイマー病の当事者で患者支援活動も行っているオーストラリア人、クリスティーン・ブライデンの手記「私は私になっていく　認知症とダンスを」に教えられたことがある。認知症と診断されたとたん「無能者」のレッテルを貼るのは誤りであること。物忘れや認知の歪《ひず》みは徐々にさまざまな形で現れ、個々で異なること。忘れるというのは毎日が新しくなることで、それは新しい生き方ではないかというメッセージには目を開かれた。

私が帰り支度をしていると、母はいつも「どこに帰るの」と聞く。母から見れば、私は突然扉の向こうから現れ、扉の向こうへ消える存在だ。私が家で料理したり仕事したりする姿を想像することはできない。自分がどこに帰ってどこから来たかを繰り返し伝え、その瞬間だけでも安心してもらうことは健常者が思う以上に大事なのだ。

いつもすべてが新しい。案外幸せかもしれないと思う日もあり、私自身も救われている。


さいしょう・はづき（ノンフィクションライター）　「南日本新聞」十二月十五日

「知りたい」という気持ち

三浦しをん

『愛なき世界』という小説を書いたところ、「日本植物学会賞特別賞（その他）」をいただくことになった。「研究歴ゼロ年の身なのに、が、学会賞……⁉」と恐縮でぶるぶるしている。

あ、「（その他）」とはなにかというと、「特別賞（技術）」でも「特別賞（教育）」でもない、「（その他）」ってことだ。たしかに小説は、「（技術）」でも「（教育）」でもないな、うむ。論文ではなく小説がいきなり候補のなかに混じっていて、選考委員である植物学者のみなさまも困惑されたのではないかと推測するのだが、それでも「賞を」とおっしゃってくださったこと、身に余る光栄でござる。ぶるぶる。

『愛なき世界』は、大学院で植物の研究をする女性が主人公の話だ。研究仲間の院生たちとの青春群像劇に、近所の洋食屋さんで働く青年との関係がどうなるのか、という恋愛風味も少々まぶしてある。でも、私が一番焦点を当てたかったのは、「植物学って、植物を研究しているひとたちって、すごくおもしろい！」ということだ。

この小説を書くにあたり、植物学について取材をした。東京大学大学院の塚谷裕一研究室をはじめ、いくつかの大学や研究機関にお邪魔し、院生のみなさまが日々どのような研究や実験をなさっているのか、見学させてもらったのだ。お忙しいにもかかわらず、先生がたも院生のかたたちも、質問したらなんでも親切に教えてくれた。質問しなくても、多肉植物やシロイヌナズナや水草の魅力を熱く語ってくれた。このひとたちは……、植物を好きすぎる！

「葉っぱって、どうしてこの形とサイズで生えるんだろうと思いませんか？」と院生の女性に輝く瞳で聞かれたときは、正直なところ「思いません」と思ったのだが、よく考えてみればたしかに不思議だ。なぜ、カエデはカエデの葉っぱの形になるのか。なぜ、新聞紙サイズまで大きくなるカエデの葉っぱは存在しないのか。「あたりまえ」と思っていたことが、実はちっともあたりまえなどではなく、謎と不思議に満ちあふれているのだと気づけた。なんだか洗いたての眼球で世界を見たような気持ちになった。

私は小学校の時点ですでに算数がおぼつかず、理系の授業中はもっぱら睡眠学習に勤しむ派だったのだが、かれらがこれほどまでに魅せられ、文字どおり寝食を忘れて研究している植物とはいったいなんなのだろうと、どんどん興味が湧いてきた。とはいえ、遺伝子の順列組みあわせについてレクチャーを受けたときには、あまりにもわからなすぎて脳の回線がショートし、「睡眠学習再び」の危機に陥った。「どうして理系分野を題材に小説を書こうなどと思ってしまったんだ」と絶望的な気分になったが、塚谷先生や院生のみなさまの根気強い導きのおかげで、なんとか（睡魔の山を）乗り越えた。

葉っぱの謎をすべて解き明かせたとしても、生活が便利になるわけではないだろう。けれど、「すぐに生活の役に立たないから、無駄な研究だ」と判断するのは、非常に危険な思考だ。では、「社会の役に立たない人間」は無駄な存在なのか？　断じてそうではない。私たちはこの世に生をうけたから生きている。それだけで充分なのだ。

生きるなかで、「愛するあのひとの気持ちを知りたいな」と願うことがあるように、植物の研究者は、「愛する植物の仕組みを知りたいな」と願って日夜研究に没頭している。「知りたい」は、自分以外の存在に目を向け、心やこの世界や生命の謎に迫らずにはいられない、人間に備わった根源的な欲求だ。私はそれを貴いと感じた。その思いを、『愛なき世界』にこめたつもりだ。

小説を通して、植物と植物の研究者のみなさまの不可思議で魅力的な生態に触れていただけたらうれしいし、「すぐに役には立たないかもしれないけど、とても大切でおもしろいものなんだな」と、植物の研究をはじめとする基礎研究を応援していただければ、もっとうれしい。

みうら・しをん（作家）「文藝春秋」7月号

恥の感覚

酒井順子

いわゆるお弁当箱型の初期携帯電話が出てきたのは、私が20代前半の頃でした。一緒にいる人が携帯電話を街中で使用している姿が、私にはものすごく恥ずかしく思えたものです。

「自分は最新の機器を持っている」という自意識が見え隠れしたからこそ私は恥ずかしかったのだと思うのですが、しかしその後、携帯電話が小型化して普及すると、しれっと携帯電話を導入した私。今となっては当たり前のようにスマホを使用しているわけで、人の羞恥心など、時代によってどうにでも変化することがわかります。

今、私が「あれは恥ずかしくないのだろうか?」と思うのは、「機械に向かって話す」という行為です。アマゾンエコーの音声アシスタントであるアレクサのコマーシャルを見ていると、まるで人と話すように、アレクサにあれこれ指示を出しています。「私には恥ずかしくてできない」と思うのですが、今時の人は、あれをテレずにできるのでしょうか。

私のスマホでもＳｉｒｉ（シリ）を使うことができますが、他人がいる時に「ヘイ、Ｓｉｒｉ！」とは、恥ずかしくて言うことができません。一人の時、

「今日は何を着ればいい？」

と話しかけてみたら、

「フリンジのある服がいいですね」

と言われ、そんな服は1着も持っていない私としては、「相談相手としては、いかがなものか」と思ったことでした。

しかしまた何年か経《た》って、その手の行為が当たり前になったなら、私も躊躇《ちゅうちょ》なく機械と語り合っているのかも。新規開拓傾向の強い人が、恥ずかしさなどに負けずに道を切り拓《ひら》いてくれた後に、おずおずとその道を歩くタイプなのです。

先日は飛行機で移動する時、やむなく仕事をする羽目になりました。本になる前の段階のゲラ刷りに赤ペンで直しを入れていたのですが、ふと顔をあげて見回してみると、紙とペンで仕事をしているのは、私一人。周囲の人達は皆、パソコンを開いて仕事をし

ているのであり、赤ペンを握りしめているのは私だけだったのです。

その瞬間も私は少し、恥ずかしくなったことでした。自分だけが、旧世界で働いているかのようではありませんか。

人よりうんと進んでいても恥ずかしいし、うんと遅れていても恥ずかしい。私のこの感覚は、実に日本人らしいものなのでしょう。常に集団の真ん中辺りで目立たないようにいるために、我々はいかに気を遣っていることか。

しかし私、実はいまだに人前でパソコンを開くことが恥ずかしくてできないのです。今はパソコンで原稿を書いていますが、原稿用紙に手書きをしていた時代を知る身としては、人前でパソコンをカタカタ打つことが少しだけ「気取った行為」に思えてしまうのです。

それがレトロな感覚だと言うことは、十分承知しています。が、原稿用紙で育った身に沁《し》みついたこの感覚だけは、きっと生涯変わらない気がするのでした。

さかい・じゅんこ（エッセイスト）　「京都新聞」九月十二日・夕刊

「終わり」で失う議論の場

ロバート・キャンベル

ひりつく都会の暑さを逃れ今年も湯河原の奥にある小さな温泉旅館に泊まっている。着くと仲居さんが冷たいアシタバのお茶と葛桜一個を部屋に運んでくれる。それをいただいてから浴衣に着替え、露天風呂へ直行する。若草山に陽《ひ》が傾くころには庭に集《すだ》く蜩《ひぐらし》の数が増えるようで、秋の気配を感じる。

ちょうど去年の今日。何をしていたかが思い出されてくる。同じ宿の同じ部屋、庭に面した今と同じ机に向かってブログを書いていた。政治家が性的少数者に生産性がないから税金を充当する必要はない、などといった寄稿文への反論である。

発信した直後わたくしは少し慌ただしい日々を送ることになった。寄稿文を載せた雑誌出版社には、いつの間にか「心をペンで殺すな」と書いたプラカードを掲げた人々が集い、抗議活動が先鋭化していった。参加はしなかったけれど、寄稿文を読んだ1人として共感した。

翌月、出版社は雑誌の休刊を発表。事実上の廃刊である。だが、わたくしは雑誌の休刊を望んでいたわけではない。その時、次のようにツイートした。

「休刊？　休刊したからこの問題が終わりとは短絡的です。ヘイトに近い断言や事実の曲解が、どういう過程で出されたのか検証することが大事」

ぼんやりと「世間の声」に圧《お》されて店じまいをすれば、言論機関としての役割を全うできない。時の流れに霧消してしまうのである。果たして直後から今日にいたるまで、寄稿者も出版社も、明確な弁明も反論も出していない。一方わたくしのSNSには、「表現の自由を奪うのか」といったメッセージが日々積み上げられていった。

今年の夏はあいちトリエンナーレ「表現の不自由展・その後」の中止で再び世の中が喧々囂々《けんけんごうごう》の議論に熱中した。中止した理由は危害予告という犯罪である。予告した容疑者の1人が逮捕され一安心かと思いきや、脅迫メールが700通以上も届いたというから胸が痛む。

開催中に名古屋市長が現場を訪れ、担当者から説明を聞いた上で記者に「日本国民の心を踏みにじる行為」だと言い、実行委員会に中止を求めた。中止後も、「公共事業としてふさわしくない作品」「多くの日本国民の感情を害する恐れが強くある」と伝えた。感情を害した人が多かったのは間違いないだろうが、突然降った「終わり方」には1年前の雑誌休刊に近いものを感じた。

表現内容に共感する人も唾棄すべきだとして否定する人も、見る（読む、投稿する）ことができなくなる。問題の核となる表現を静かに見つめ、背景を丁寧に検証し、透明な形で対話を重ねる機会をわたしたちは失ったのである。自分の立場を確認し、必要に応じて変化させ、折り合わない相手でも声を遮断しない意志を持つことがなにより重要である。「表現の自由」という基本の権利を担保するためには、見て、感じて、冷静に議論する場がなければならない。

表現の自由を実現させる上で様々な課題がある。SNSにせよ実際の語り合いにせよ、市民として言論を交わす場と、その言論を充実させるための多様な表現内容へのアクセスを確保することが重要だ。来年の夏、この部屋でこの机に向かって何かを書くとすれば、それはとりあえず聞く耳を持つ人々のために書きたい、書けたらいいなと願っている。

ろばーと・きゃんべる（日本文学研究者）「日本経済新聞」八月二十一日・夕刊

描くことのちから

齋藤亜矢

泣きながら絵を描いたことがある。

もう10年近く前になるが、実家で飼っていた犬のゴンタが、17歳で亡くなったときだった。危篤だという知らせを受けて、翌日、実家に駆けつけた。息は荒く、お腹がはって苦しいのか、ときどきうなり声をあげる。立ち上がることはおろか、足に力も入らないのに、からだをさすると、しっぽをふる。ぱたり、ぱたりと、最後までしっぽをふって、その日の深夜に息をひきとった。遠方に住むわたしの帰りを待っていてくれたような気がした。すべてのことは翌日にということにして布団に入ったが、涙がしみて眠れず、まだ暗いうちに目が覚めた。

悪い夢を見ていただけ——そう思いたかったが、やはり起き出してきた母のすすり泣く声に、はかない望みもかき消された。

霧の深い朝だった。ただ眠っているように、でもすっかり冷たくなった体に、母が庭から摘んできた黄色いマーガレットを添えた。

現実を受けとめきれず、茫然《ぼうぜん》と立ち尽くした。

そのとき、ふと、絵を描こうと思った。ゴンタのすべてを目に焼き付けておこうと思った。

家にあった小さなスケッチブックをひっぱりだして、横顔をスケッチすることにした。

光と影をとらえる。ただそのことだけに集中して描く。つやつやした黒い毛並みを念入りに、ヒゲの一本いっぽんまで描きこむうちに、頭のなかがからっぽになった。鉛筆を走らせていると、からだをなでているような不思議な感覚にもなった。少しずつ、気持ちが落ち着いていくのがわかった。

すべてを終えて、夕方あらためてスケッチブックを開くと、あたりまえなのだが、描かれていたのは、だらりとした死に顔だった。

いたたまれなくなって、ふたたび鉛筆を握る。縮んでしまった目に光を入れ、全体の陰影も調整して、生きている姿にしあげた。いつも頭をなでると耳をピンとさせたこと、口元をつまんでたぷたぷするのが好きだったこと、さまざまな思いが頭をよぎる。

あんなに真剣に絵を描いたことはなかった。すべてを写しとり、絵のなかでふたたび命を与えようと、とにかく必死だった。


わたしは画家ではないし、ふだんから絵を描いているわけでもない。認知科学が専門で、芸術する心の起源について研究している。進化や発達の視点から「ヒトはなぜ絵を描くのか」をテーマにしているのだが、じつはそれまで、自分がなぜ絵を描くのか、第一人称としては考えたことがなかった。

でもあのとき、最後の瞬間に寄り添えたこと、その姿を隅々まで見つめて描き留めたことで「死」に向きあえた気がした。悲しみは消えなくても、ちゃんと見送れたという気持ちになった。

絵を描くことには、鎮魂の効果があるのだと思った。

亡くなった魂を鎮められるかどうかはわからない。でも、描くという行為によって、喪失感で漂ってしまいそうな自分のこころは、たしかに鎮められたのだ。

さいとう・あや（京都芸術大学准教授）「京都新聞」七月十七日・夕刊

自分という反―根拠

保坂和志

橋本治さんの通夜、告別式の会場のお寺は、なんと、いま私が住んでる家から歩いていけるところにあった、私はグーグルの地図をプリントして歩いていった、私は橋本さんとは最近は全然連絡とってなかった、昨年末、橋本さんが『草薙の剣』で野間賞になったから会場で久しぶりに会えると思っていたが当日橋本さんは体調不良で出られなかった。

「もうずうっと会ってなかったですね、――」

「うん、一家を構えるとはそういうことじゃないの？　お互い向く方向が違ってるのがはっきりするから、しばらくは会わなくなるものだよ。」

私は通夜の会場まで橋本さんと話しながら行った、でもその橋本さんの通夜に向かっているのだと意識すると、そのたび脚の力が抜けかけた。通夜以前、野間賞で会えると思ったとき、私が思う橋本さんは昔の橋本さんで、今の橋本さんの写真を見たりして、この橋本治と会うのかと意識したときも少し脚かどこかの力は抜けた。

　あの頃の橋本治はすごかったのだ。

　橋本治ひとりで、橋本治というジャンルだったのだ。何をする人？　純文学？　中間小説？　歌舞伎の評論？　編み物作家？　イラストレーター？　だから、そういうものを全部ひっくるめて橋本治だったのだ、肩書きは作家でなくて、橋本治でよかったわけだが肩書きを見る人はそういうことを知りたいわけではないから、いちおう作家ということになっていた。

　でも私にはそういうことがすごかったわけでなかった、私のすごさの核心はその橋本治というジャンルになった運動体のそのエネルギーの方だった、それは前回このやり方で成功したからそれをきちんと分析して……みたいなやり方とはまったく関係ない、そのつど、自分のやり方という無理を通してしまうパフォーマンス力？　というのか、意図実現力というのか、私はなかでも『革命的半ズボン主義宣言』だった。

　一九八四年、私は二十八歳になったところだった、橋本治はたった一人で男として生まれた男の子の生き方を切り拓いていた、私はあの頃、全身で橋本治に心酔してたからこういう風に言葉にできてたか、わからないがそういうことだ。

　大人の男たちはどうして長ズボンばっかりはくのか？　男が会社行くときどうして半ズボンじゃ、いけないのか？　そして橋本さんは実際、その夏暑いから半ズボンで出版社に行ったらケゲンな顔された、とかそういう内容だった。

　私はたまに夏、この本を思い出し、橋本治が遠い夏にたった一人でやった反乱が日常になったとひとり感慨にふける。

　その前、六〇年代の終わりか七〇年代、公式の席にもジーパンで行く人たちが現われた、でもあれは世界的な潮流だった、誰か最初にはじめた人はいたんだろうが、その人は世界？　社会？　同世代？　の、意志をしっかりキャッチしてそれをやった、それはきっとすぐに世界中に広がった、その最初にはじめた人は代弁者だったから、最初のひとりがすでにひとりではなかった。

　ところが半ズボンはどうだった？　あれから三十五年、あの頃を知らない人はわからないかもしれないが、大人の男が半ズボンで電車に乗る！　そんなこと、ありえなかった。それはもうまったくひとりのクィアな行動だった、いまどきの性的な意味のクィアでなく、もっと素朴で、純粋な、だから理屈で判断する人にはもっとも始末に悪い、風変わり、奇妙、変、ヘン、へん、——

あの半ズボンがすごかったのは、そこに六〇年代末のジーパンのような主張、政治性がまったく見えないことだ、でもその半ズボンは、政治と言っていれば政治だと思ってる自分がアタマがいいと思ってるバカが私は大嫌いだしバカだと昔から思っていたということをはっきりと自覚させた。

そのやり方は本だから文章、文字にかかっていたわけで、橋本治は文章によって言う可能性を一気に押し開いた。カーテンだったか、幕だったか、壁板だったか、その向こうに、

「ほら、こんなに広い！」

と、橋本治は大草原なのか原野なのか、私たちに予感させた、たぶんそれは完全に見せてくれたわけではない、それはひとりひとりが自分のパフォーマンス、意図実現力によって見なければならない。いや、意図でなく願望か？　私が橋本治から教わったことは、まず願望すること、願望を持つこと、願望に正直であることだった。

橋本治は全共闘世代だったが全共闘は嫌いでひとりの闘いをはじめた、だから橋本治に揺さぶられた若者たちはひとりの闘いをすることになった、……

いや、そういうことじゃないか？　橋本治は何かを語る、訴える、そうするときに、自分以外に根拠を持たない、というすごいやり方を実行した。

　自分を語るのではない、そこをカン違いしたらダメだ。橋本治は客観的に妥当なものを根拠とせず、自分なんていうまったく客観的でなく妥当性がないものを根拠にして、言い分を強引に押し通して見せた。

　人が何かを言うということはそういうことなんだと、誰にでも拠り所になりそうなものを拠り所にしてはいけないんだと、拠り所こそ自分で考え、自分のパフォーマンスでそれを拠り所たらしめろと、私は橋本治から教わった。

ほさか・かずし（作家）「群像」4月号

のどはこわい

三木　卓

このごろ老人の死因で肺炎が目立つ。単に肺炎、というのが多いが、間質性肺炎や誤嚥性肺炎というのもある。老人が肺炎でなくなることが多いことは知っていたが、たまたま会うことが出来た歯科医師に事情を訊いてみた。

年をとって体力がおちてくると、肺炎にはなりやすい状態になる、とかれはいった。とくに終末期になると、他の病気が主であっても、結局死因があとから来た肺炎になることが多い。

そして医師はつづけた。唾液は寝ているあいだにも気管を洩れくだっているのだが、体力がある健康人は大丈夫。だが、病んでいるときはもちろん、日頃からよくブラッシングして口のなかを清潔にしておくことがとても大事なのだよ。

わたしは、喘息もちで、のどには敏感である。またこのごろ食道を下るはずの食べものが、気管に誤まって入ってしまい、たいへんな思いをすることもある。

どうして人間ののどは、こんな危い構造になっているのだろう、とも思う。気管と食道をひとつの弁で操作する。まことにスリリングなことを日々人類はやりながら生きてきた。肺なんて出口もない袋なのだから、やっぱり人生の終り近くともなると、くたびれてぐったりする。

昔は百日咳なんていうこどもの病気もあって（今もあるのかしら?）、わたしも小学生のときにやられている。ヘントーセンもしばしば腫れた。のどの弱い子だった。

しかし同時にわたしは、水分をとるのが大好きな子で、おいしい飲みものが特別に好きな子でもあった。通ったいくつかの満洲の小学校では、戦時中なのに牛乳を飲ませてくれた。売店に切符をわたして壜をうけとり、厚紙のフタを針でこじあけるときには、もう胸ドキドキである。

バケツではこぶ学校もあった。こどもがはこぶのでしばしば廊下にこぼれる。乳白色の水たまりが出来ているのを見ると、もう、もったいない。よつんばいになって舐めたい衝動に駆られた。

戦中の殺伐とした軍隊みたいな学校ばかりで、わたしはどなられまくり、なぐられてばかりいた。この牛乳のことだけは豊かな思い出である。

それから日本に帰って来た。ここもやはり食糧難のさなかであることに変りはなかった。が、ここでも牛乳には恵まれた。「ララ物資」のおかげである。ララはアジア救済連盟のことで、この団体は第二次世界大戦後のアジアの困窮者（とくにこども）を救うために活動した。

学校給食として、鯨肉とか野菜の煮物などいろいろなものが出された。とてもおいしいというものではなかったが、ここでも牛乳は姿をあらわした。

もっともこれは生乳ではなく、脱脂粉乳を還元したものだ。おそらく、バターなどを取り出したあとのものだ。しかし、そんなことをいっている場合でない。脱脂粉乳独特の匂いを鼻いっぱいに吸いこみながらごくごくのどを鳴らした。栄養失調でまいりかけていた少年にとっては、まさにララさまさま、旱天の慈雨だった。

一度だけだったが、わたしののどが愕然としたことがある。

湯呑みいっぱいに注いでもらったものは、パイナップルの液汁のようである。しかし、信じられるものか。パインのような高級なものは、一九四〇年ごろ大連で缶入りの輪切りパインを食べたただ一回だけの遭遇である。そっと鼻を近づけてみると、おぼえのあるかぐわしい匂いがする。

一口一口、少しずつ口のなかでころがすようにして味わった。すごい！　パインだ！

この前味わったときは、父親も祖母も元気だった。缶切りで母親がギリギリ缶をあけた。すると、輪切りのパインが見えてきた……。

わたしは、ぼうっとしながら、これはパインを浮かせていたおつゆだった、と思った。

しかし、果実部分はかきまわしてみても今の湯呑みにはなかった。

あの日、なぜ敗戦国のガキたちの給食にパインジュースが登場したのか、いまだに、わからない。あれはキセキだったとしか思われない。

わたしは空の湯呑みの内側をいっしょうけんめい舐めた。

今もなお、パインジュースを見ると平静でいられない。

それまで果実のジュースが存在しなかったわけではない。しかしフレッシュなジュースに出会ったことはなかった。

戦前のくらしのなかにあらわれたのは、さまざまな色彩の果実の絵のかかれたラベルの貼ってあったボトル入りの濃縮品だった。カルピスも濃いやつだけで、冷水で希釈した。

わが家には冷蔵庫はなかったから、ぼんやりした味だったはずである。もちろん、ぜいたく品だった。

戦後の日本も当初は、そのようだった。それでもアメリカを真似たジュースのようなものは次第に姿をあらわした。東京の亀戸二丁目団地で暮しているときは、娘とともに「ワタナベの粉末ジュース」を愛飲した。小袋ひとつが三円で、それを水道水に溶かして飲んだ。ひどい味だったと思うが、うまかった。

テレビもジュースは宣伝していた。チンパンジーが活躍する「バヤリース」のオレンジジュースだった。ずいぶん飲んだが、天然のジュースが入っていないという噂もあった。そんなものも、のどは、たやすく嚥下して楽しんでいた。

ジュース・スタンドのようなものが出来ていろいろなフレッシュ・ジュースが飲めるようになったのはいつごろからだろうか。「わたし、イチジクのジュースにする」といったのは亡妻で、そのときには、イチジクまでもが材料になる頃だった。フレッシュ・ジュースは、自然で、人工甘味料が入っていないから、おちついて楽しむことが出来る。戦後のサッカリンやズルチンの時期を体験してきたものにとっては、自然にもどったのかもしれない。

人類もまた樹上生活をしていた時期があったらしい。それから地上に降りたのだが、樹上にいたときには、果実はいちばん大事でおいしい食物であったはずである。

猿たちもまた、同じようにして生活していただろう。

えものとしての果実をわがものにする。それを確信する瞬間は、おそらくのどを食物が通過していくそのときだった。ここまで来ればもうえものをだれかにうばい返されることはない。

飲みこんだという瞬間を確認してから「ああおいしかった」と満足することができる。その関門だと思うと、今度はのどは恐ろしい。

みき・たく（作家）「かまくら春秋」8月号

軍艦島にて

桜木紫乃

三月半ば、軍艦島上陸のために長崎へ降り立った。はるばる北海道からのツアーなのだが悪天候で上陸が叶《かな》わなくても振り替えはしないという。

半ば賭けにも似た旅の途中、明日の天気予報を見ればどれも「雨」とある。上陸出来なくても、遠巻きに島を一周するというのだけが慰めで、それでもいいと言ってはいたが旅行代金は北海道から夫婦ふたりで八万円だ。上陸したい。口に出せば叶うだろうか、いやここは祈ろう。

行ったり来たりの思いと祈りが通じてか、翌朝は眩《まぶ》しいほどの快晴、海はべた凪《なぎ》だった。

現地には軍艦島クルーズの会社が数件あり、上陸時間は限られている。港と島のあいだは常に船が行ったり来たり。船に乗り込み、どんどん近づいてくる島影は、なんとなく軍艦に見えなくもない。ＤＶＤやテレビ番組などで見知った島影とはちょっと違う。それもそのはず、軍艦に見える絶好の撮影ポイントというのは、ぐるりと回り込んだ沖からのものだった。

そして上陸――廃墟《はいきょ》好きが高じて、とうとう軍艦島まで来てしまったと思った瞬間、旅行代金が頭から消えた。

上陸後はガイドさんに案内されながら、島にまつわるお話を伺う。船着き場のすぐそばには、一週間前に高波で倒れ、手が着けられない状態だというコンクリートの壁があった。島は絶えず変化している。歩いて見学が出来るのは炭鉱の建物があった側だという。坑道の入り口に続く階段が青空の下、露出している。

ガイドさんがゆっくりと静かに話す。

「この坑道入り口から入った人と、無事に出てこられた人の数は一致しないのです」

北海道にも複数の炭鉱があったし、生まれ育った釧路にも数年前まで炭鉱が存在していたというのに、廃墟だ廃墟だと逸《はや》る心に、ついそうした現実は埃《ほこり》を被《かぶ》って眠ってしまっていたらしい。

ガイドさんの言葉にはことさら切々とした感情は込められておらず、それゆえにこちらに伝えたいことがらの重みが伝わってくる。

現在の島は、長く個人の所有地であったゆえ残っている姿だという。過剰な人口を支えた島の、坑道入り口、海底からベルトコンベアーで地上に運ばれてくる石炭、工場を見下ろす高い場所にあるのは重役用の住宅だ。重役の居住区から眺める長崎の夜景は、今と同じく星空のように美しかったろうか。

炭鉱に働く人とその家族が住んでいたのは、沖を望む海側だったようだ。いま上陸見学できる場所は、島民の住宅建物から五十メートルほど手前まで。当然、生活空間だったところには入ることができない。いちばん見たいものは遠くから眺めるのみ。

ビデオを観《み》れば、島を去る際に持ち出されなかった家具や家電、人形や生活道具がそのままの場所に残っている画像が出てくる。

上陸して目にする物はみな、呼吸をしていなかった。すべてが過去形、すべてが無機物。そんな言葉が頭に浮かび、通り過ぎて行く。空の青さが疎ましくなってきた最終地点で、ガイドさんが言った。

「週末になると、たくさんの方々がこの島を訪れます。炭鉱のあたりをご案内しているときは気づかないのですが、島民の住宅部分が見えるここまでやってくると分かるんです。百人二百人というみなさまを一度にご案内するのですが、毎回おひとりかおふたり、ここで写真も撮らなければ驚きもせず、黙ってアパートを見つめている方がいるんです。そんなときは『すみませんが、もしかして』とお声がけいたします。今まで外れたことはありません。十人お声がけすれば十人が、元島民あるいは島民のお子さんでした」

軍艦島上陸ガイドはそのお話で締めくくられるのだった。スマホ片手にわぁわぁ言いながら画像を撮っていた手がだらりと下がる。

正直なことを言うとあのとき、文章では伝えきれない風のにおいを嗅いだ。

決して、物見遊山で行くなと訴えているわけではない。一度観て損はないし、是非ともあのガイドさんと過ごす時間を体験して欲しいとも思う。己の文章表現の拙さを棚に上げつつ「いっぺん観てみて」と。

ビデオには映らない「何か」があるからこそそのガイド付き上陸なのだろう。持ち帰る感情はひとりひとり違っていいのだという包容力が、ガイドさんの口調をより平坦《へいたん》なものにしていた。

島の表と裏、仕事と生活――格差社会などという言葉がまだなかった時代、無縁社会という言葉が生まれた現代を、想像しえなかったころに思いを馳《は》せる。

あの日から「廃墟」という言葉が、喉の奥に小骨のように刺さっている。軍艦島は「人が居なくなった場所」ではなかった。

人が幸福を求めてたどり着き、生活を受け容《い》れ、続けることをあきらめ、次へと踏み出していった、時代の足痕だった。

残された資料で多くの島民が島を離れる姿を見れば、体制や差別に敏感でありながら、従順な時代の映像だなあと思う。時代が求めた「仕方なさ」が昭和の代名詞のように思えるようになったのも最近のことだ。気づけば元号をふたつまたいでいる。

この先も有形無形の「廃墟」が生まれては風になって人の記憶を撫《な》でてゆくのだろう。時代の「あきらめ」が目に見える形としてあるうちに、前向きな気持ちで焼き付けておきたいと思う旅だった。


さくらぎ・しの（作家）　「日本経済新聞」五月十二日

古新聞を読み返す楽しみ

荒俣　宏

誰もがこんな経験をしたことがあると思う――引っ越しとか部屋の大掃除をしていて、ふと古い新聞紙を発見し、おもわず読み始めた昔の記事に夢中になって、肝心の大掃除を忘れてしまったことが。

古新聞の再読は、それほどおもしろい。私の目下の道楽は、これを一つの研究手段にして、かたっぱしから古い新聞を読んでみることだ。現存する新聞のうち創刊が明治5（1872）年ともっとも古い『東京日日新聞』（現在の『毎日新聞』）を、もう3年程も最初から読み返しているが、おもしろくて止められない。ごく普通の日常情報や、町のちょっとした事件が、とくに楽しい。どこそこで幽霊が出た、などという記事もよくみつかる。

『東京日日』の場合、ちょうど日本で旧暦が新暦にかわる時期に創刊したのが縁となり、新暦の使い方がわからない庶民に向けて新しい暦の解説を載せたのが飛躍のバネとなった。ただし、毎日出る新聞をあらわす『○○日日新聞』という題名が、あちこちで使われすぎたために、いまから見るとたいへんに混乱する。じつは『京都新聞』も、その前身が大正時代に『京都日日新聞』を名乗った。さらに太平洋戦争後にも、まったく別の新聞が『京都日々新聞』の名で創刊されている。

それほど流行した新聞界に、あの福沢諭吉が登場するのは、明治15年に『時事新報』を創刊したときだ。スタートはちょっと遅れたが、アメリカの「コミック・ストリップス」すなわち「こまマンガ」を新聞に導入したことが新しい。この新聞が採用したスローガン、「不偏不党」も、まだちゃんと生きている。

諭吉がそもそも新聞を編集発行する気になったのは、明治13年の12月末だった。当時新政府を牛耳っていた大隈重信、伊藤博文、井上馨の三参議が、諭吉をひそかに呼んで大隈邸で密談したという。政府も流行の新聞というものを出すことにしたから、「福沢さん、編集・発行を引き受けてくれんか」という頼みだった。政治に巻き込まれるのが嫌いな諭吉は、政府の御用新聞を出すなどお断りだ、と思い、後日、井上邸に出向いて断ろうとしたところ、それを察した井上から驚くべき秘密を明かされた。「このままでは政府の交代は銃剣を要するものとなってしまう。そこで政府は国会を開く決意を固めた。民意にかなう人が政府を組織する時代に切り替えるため、新聞発行を重ねて頼む」と。

これには諭吉も腰を抜かしたという。薩長支配の政治を変えるにはこのチャンスしかないと考え、その場で新聞発行を承諾した。ところがすぐ、大隈が明治14年の政変で失脚、井上と伊藤がそれ以後新聞発行の話をしなくなり、福沢門下生を官から排除する風潮となった。梯子《はしご》を外された諭吉だけが窮地に追い込まれたが、すでに印刷機を用意していたので後に引けない。政府から完全に独立した経済新聞を出すことにした。マンガや料理レシピや名画の色刷り複製など、およそ政治色のない記事を活用したことは、ひょっとすると諭吉の憤りが反映した結果かもしれない。いやぁ、古新聞っておもしろいものですね。

あらまた・ひろし（作家・京都国際マンガミュージアム館長）　「京都新聞」二月二十八日・夕刊

冬と猫

島本理生

猫がすり寄って来ると、今年も冬が来たな、と思う。

我が家の猫はオス猫で、名前をたびという。もともと人懐こいほうだが、夏の間は人間が抱き上げても
「はいはい」

という顔をしている。

それが先週くらいから、私がソファーに腰掛けた途端、ダッと駆けてくるようになった。

私が立ち上がると、今度は夫に前足でしがみ付く。

朝などは、起きたばかりの我が子の膝に無理やり乗るもののはみ出して、猫というよりは子猿のようである。

「たびちゃんが乗っかって動けないよお」

我が子が途方に暮れた声をあげるのもまた冬の風物詩だ。

子猫だったたびを里親さんの家からもらい受けて、気付けば十三年がたった。

まだもらってきたばかりの頃の写真を見返すと、猫を抱く私はミニスカートなんて穿《は》いていて、もう着ることのない服に時の流れを実感したりもする。

今では私にも家族がいるが、一人暮らしのときには仕事や昼寝の合間に、ニャア、と鳴いてうろつくたびだけが近しい生き物だった。

今でも忘れられない夏がある。

地方の取材から帰ってきた私は畳の上で昼寝をしていた。

まだ開けていないキャリーケースの中には旅先の着物屋で買った古い子供用の着物が入っていた。

ところが当時の私はまだ独身で、なんでそんな物を買ったのかさえ今となっては上手《うま》く説明できないのだ。

そしてふっと目が覚めかけたときに耳元で、くすくす、と子供の笑う声が聴こえてきた。

びっくりして起きようとしたらなぜか体が動かない。これは夢かと思ったが、意識ははっきりとしていて、笑い声もどんどん迫ってくる。

これは困ったとなんだか他人事のように考えながら、なんとか体を動かそうと頭の中だけでもがいていたら
「にゃあぁ」

という声がした瞬間、ぱっと緊張が解けて起き上がっていた。

振り返ると、障子のむこうにじっとこちらを見つめるたびがいた。その後、子供用の着物は手放した。

結局、疲労だったのか、それ以外のものだったのかは未《いま》だに謎だが、たびは
「飼い主を助けた、えらい猫だ」

と私やまわりから褒め称えられたのだった。

そんなたびも最近は少し痩せて歯が弱ってきたりと、年齢を感じさせる姿になってきた。

それでも我が子の友達が遊びに来ると、ぱっと出ていって
「猫ちゃんだー!」

と好き放題に触られながらもクンクンと人の匂いを嗅いでいる。

その光景を目にしていると、こんなにも人間を好きで信じてくれていることがしみじ

みと嬉《うれ》しく、なんだか泣きそうにもなるのだった。
しかしそんな蜜月も、石油ストーブの登場と共にあっけなく終了だ。人の膝からさっさと離れて石油ストーブの前でずっとごろごろしている猫の毛を触ると、時々びっくりするほど熱くなっていて
「いいかげん燃えちゃうよ」
と抱き上げて少しだけストーブの前から離してやるのも、また愛すべき冬の風景である。

しまもと・りお（作家）　「日本経済新聞」十二月六日・夕刊

市原悦子さんの読み聞かせ

秋山　仁

俳優の市原悦子さんが亡くなられて、「家政婦は見た！」「おばさんデカ」「弁護士高見沢響子」等《など》、主演人気番組が各局で追悼放映されている。

市原さんというと、これらの主演シリーズや「まんが日本昔ばなし」のナレーションが思い浮かぶが、私の脳裏にはそれらにも増して強く印象に残っている番組がある。それは確か、5、6年前に放映されたＴＢＳの安住アナウンサーと都内を巡る番組だった。その中で、ロケ先近くの図書館の職員に「せっかくの機会なので、図書館にいる子供たちに昔話を読み聞かせていただけないでしょうか」と急遽《きょ》頼まれた。依頼する側は「あの声で何かその場でちょっと読んでいただくだけで皆のありがたい記念になるので」というぐらいの軽い気持ちだったように思う。引き受けた市原さんがどうしたのかというと、皆の前でただ読み上げて済ませるというようなことはしなかった。図書館にある本の中から読み上げたいと思う昔話の本と共に、小学生が書いた詩を集めた本を選び出し、20分くらい準備された後、着席している皆の前に現れた。そして、まず詩集から読み始めた。そこには、お母さんやお父さん、友達や先生に対して普段感じている変だなぁと思うこと、感謝していること、やめてもらいたいと思っていることなどが綴《つづ》られていた。子供たちと一緒に笑い、不思議がり、感想を言い合いながら、子供たちの緊張を解いて彼らとの心の距離を縮め、彼らが自然に感情を表すようになったところで、メインである昔話を披露して締めくくったのだった。

名人レベルの技能をもっているにも拘《かかわ》らず、また聴衆が子供であることにあぐらをかかず、聴衆の視点に立って考え、即興で構成を組み立てていた。普段接することのない60歳以上も年の離れた子供たちとの心の距離を瞬時のもとに縮めた上で、昔話の読み聞かせをおもむろに始めた。みんなを楽しませ、驚かせ、感動のるつぼに誘って終えた、そのささやかなステージは、圧巻だった。

人に何かを伝えるということは単に面白おかしくやってみせたり、自分の技能を披露したりすることでなく、まず、相手が感じる心を掘り起こし、次に、どんな伝え方をしたら最も効果的なのかを考えた上で伝えなくてはいけないということを、名優は体現してみせてくれた。教師としても学ぶことが多かった。

あきやま・じん（数学者）「信濃毎日新聞」一月三十日

北斎のたくらみ

朝井まかて

私にとって北斎は、〝親父どの〟である。

『眩《くらら》』（新潮社、二〇一六年）という小説で北斎の娘、葛飾応為《おうい》を描いたからだ。応為は北斎工房の弟子でもあり、時には助手を務めながら数々の作品が生み出される場にいた。むろん、かの「富嶽三十六景」の試し摺りが上がる現場にも応為はいただろうと、私は想像する。北斎や版元の西村屋永寿堂と共に、摺師の手許を固唾《かたず》を呑んで見守っている。板木の上に置かれた紙の上を馬連《ばれん》が行き交う、ざっ、しゅっという音だけが響く。

家の中が静まり返っているのには理由がある。「富嶽三十六景」の出版は大博打であるからだ。華やかな役者絵や美人画などとは異なって、風景だけを描いた景色物は世間の人気を得にくく、出しても打ち切りになるのが常だった。たとえ北斎の名があっても、売れるとは限らない。

なにしろ、江戸者はオギャアと生まれた日から浮世絵や草双紙《くさぞうし》、読本《よみほん》に囲まれて育っているので、目が肥えている。仕事や金がなくとも馬鹿にされないが、俳諧や小唄、将棋の一つもできないと「野暮だ、あか抜けねえ」と見下げられる世の中だ。

そんな小うるさい庶民にウケてこなかった風景画を、コストのかかる大判錦絵で、しかも三十六作品の揃物《シリーズ》で出版しようとしているのだから豪儀な話ではないか。これは伊達か、酔狂か。いや、西村屋は文政十二年（一八二九）に起きた大火によって類焼している。「火事と喧嘩は江戸の華」と嘯《うそぶ》いてはみても、神田から出た火は日本橋に京橋、芝一帯をも焼き、後に江戸時代を通じても三指に入るほどの大火事とされる。

つまり西村屋は懐に余裕があって景色物を出すのではなく、進退窮まっているからこそ打って出ようとしている。ほぼヤケクソに近い。

この〝イチかバチかの大勝負〟であった「富嶽三十六景」は、見事に当たりを取った。諸方の人気を得て版を重ね、気をよくした西村屋は「三十六景」に十点を追加して四十六景にしたほどだ。応為もほっと胸を撫で下ろしたことだろう。

北斎にとっても、この仕事は非常に大きな意味を持つことになった。巨大な波を描いた「神奈川沖浪裏《かながわおきなみうら》」などは、世界で最も偉大な画家の一人へと北斎を押し上げることになる。むろん、数百年後にそんなビッグ・ウェーブが起きようとは当人が知る由もなく、しかもこの画業を成した時、北斎はすでに齢七十を過ぎていた。西村屋のような勝負心はさらさら抱かず、一人、澄んだ境地にあってあの夏富士「凱風快晴《がいふうかいせい》」も描いたのだろうかと思いきや、いやいや、あの親父どのに限ってと私は頭《かぶり》を振る。

いかほどキャリアを重ねようが、何せ自ら〝画狂人〟と名乗るほどの絵師だ。新しい画法、ジャンルに盛んに挑み、過去の実績や己の名など一顧だにしない。守りの姿勢を取らない親父どのにとって、この無謀ともいえる「富嶽三十六景」の出版はさぞ腕が鳴り、心躍るものであっただろう。

そんなことを思いながら、岩波文庫の『北斎　富嶽三十六景』を開いてみた。

掌の中で一見開きを繰れば、作品の解説がまた一見開き。絵と文章のリズムが心地よく、時々、北斎と応為父娘の暮らしを思い出したりして懐かしむ。また絵を見て、解説を読む。

激しくうねって砕け散る寸前の波濤、吹いて何もかもを舞い上がらせてしまう風、桶職人が揮う槍鉋《やりがんな》の音。疾走する馬の息遣いも聞こえるし、木場に漂う材木の匂いも感じる。いかに形にしづらいものを写し取ろうとしていたことか。北斎の飽くなき情熱を思い、今さらながら胸が震える。北斎の筆によって、束の間の造化（自然）と江戸の暮らし、人々の心までもが紙の上に永遠に刻まれた。

地図が付いているのも、本書の粋な計らいだ。どんな土地の富士が描かれているのかがよくわかる。そして各作品の解説においても必ず、どこから見た富士なのかが丁寧に述べられている。おかげで富士山を巡る旅に出たような気になれる。地図を見ながら北斎が見たであろう土地の風や水、人々の賑わいまで味わう。

ところが、その場所からは決して見えないはずの富士もある。編者の日野原健司先生も、北斎にとってはどこから見た景色なのかは重要ではなかっただろうと指摘しつつ、それでも場所の特定についての推量の手は緩めていない。やがて、想像上の景色であるとしか考えられないものも出てきた。

主人公はあくまでも、富士の山だ。画面一杯に、はみ出さんばかりに迫ってくる。けれど作品によっては遠景で小さい。男や女が、「ほら、ごらんな」と指を差すその果てでやっと気づくほどのアイコンだ。北斎は遠近、大小を取り混ぜて富士を登場させ、時には水面に映る鏡像を違えてまで、観る者に語りかけてくる。

おやおや、これはと、私は身を乗り出した。もう一度、四十六の景色を眺めてみる。

なお嬉しくなってきた。制作順や発行順は未だ確定されていないものの、一点一点を鑑賞するだけでは見えない北斎のたくらみが私の目の前に立ち昇ってくる。

どうだ、面白ぇか。え、こっちはどうだ。

西洋画を研究し、その手法を採り入れることにも貪欲であった北斎は、一点透視画法も自己流に按配してしまう絵師だ。正しいかどうかよりも、絵として「それが面白いか」に創作のエネルギーが向くのである。どうやら「富嶽三十六景」は、現代の我々が考える写実的な風景画とは全く別物だと捉えた方がよさそうだ。

これは活き活きと自由に虚構《フィクション》を用いた、壮大な物語なのではないか。

物語性を感じてしまうのは、私が小説を稼業としているからだろうか。それもあるかもしれないが、北斎は四十~五十代の壮年期、読本の挿画絵師として腕を揮った人だ。

読本はいわば小説の一種で、武士や上級町人のような古典の素養がなくとも楽しめる娯楽、庶民のエンターテインメントだった。天下泰平が続いたことで庶民の識字率も高まり、漢字は無理でも平仮名であればほとんどの者が読める。そこで振り仮名つきの読本が盛んに出版され、しかも当時は音読であったから、耳で筋書きを憶えてしまう門前の小僧もいただろう。

そのうえ物語には必ず絵がついていて、これが読者の読解力を助け、想像力を刺激する役割を果たした。文章と絵がセットの文化は現代にも受け継がれており、日本の新聞や雑誌に掲載される小説には今も画家やイラストレーターによる挿画が施されるのが常だ。

北斎はこの読本の挿画で腕を磨き、滝沢馬琴《たきざわばきん》とも『椿説弓張月《ちんせつゆみはりづき》』などで組んだ。どんな挿画にするかは戯作者《げさくしゃ》(小説家)がラフスケッチを用意するのが当時の慣いであったようだが、むろん絵師も原稿を読み込み、ラフに籠められた意図を汲みながらも自らの物語世界を絵によって繰り広げたのではあるまいか。

そこで、あの有名な事件にもつながる。馬琴が登場人物の悪人の口に草履を啣《くわ》えさせよと指示したのに、北斎はそんな汚いものを口に啣えさせる法があるかと鼻であしらい、言うことをきこうとしない。馬琴は激怒して二人は絶交に至ったという逸話なのだが、互いにすでに名を成している大家同士であっても作品については一歩も退かず、真剣に大喧嘩したのである。

しかも北斎自身、戯作を手掛けたことがあるし、川柳が好きで仲間と連を組み、借金を申し込む手紙にも一流のユーモアが滲んでいる。天才のイメージから「孤高の」などと冠をつけられがちだが、娘の応為のまなざしを通せば、親父どのはいくつになっても軽妙で洒脱な江戸っ子そのものなのだ。

とりもなおさず、北斎はこの読本時代に物語のヴィジュアル化における試行錯誤を盛んに行なうことができたし、波や風の表現にも繰り返し挑戦している。それが「富嶽三十六景」で結実したのであろうし、かくも大きな虚構を繰り広げることができたのだ。

小説においてもしばしば誤解を受けるのだが、細部のリアリティがなくては虚構は成立しない。誰しも、それと気づかせない巧妙な嘘には酔いたいが、下手な嘘には興醒めをする。それは現代も江戸時代でも変わらない。なにせ、江戸者はエンタメにうるさい。

つまり北斎ほどの腕があっての「外し」や「嘘」が真《まこと》と混然一体となって初めて、観る者をワクワクとさせる遊び心が成立する。北斎はそれをわかっていて、「どうだ」と挑んだのではないか。四十六枚を通して観れば、その虚構性にも強弱がある。当然だ。静けさや小休止があってこそ、強さや大きさが引き立つ。

やっぱり、親父どの。たくらみなすったね。

私は『北斎 富嶽三十六景』をまるで読本のように楽しんで、山や雲や波、そして人々が小膝を打つ音を聞いて愉快になる。

ちなみに、編者の日野原先生とは二度、お目にかかったことがある。一度目は雑誌の対談で、二度目はまったく偶然に、私の地元である大阪で開かれた北斎展の会場だ。人波の中でふと気になって、振り向いた先生は目を丸くして驚いておられたけれど、声を掛けた私もびっくりした。研究者として実に誠実で真摯《しんし》で、そして穏和なお人柄だ。またお目にかかりたいなあと思っていたら、本当に出会ってしまったのだ。小説に書けばリアリティに欠けると言われそうなことが、現実ではしばしば起きる。

日野原先生と北斎は容貌が違うけれども、親父どのにも人を懐かせるような気風があったと思う。「富嶽三十六景」には、そんな朗らかなたくらみがそこかしこに凝らされている。

あさい・まかて（作家）　「図書」6月号

ウチナーンチュ肯定した革命

池上永一

私は首里城が焼失した現実を、まるで災害に遭った被災者のような気持ちで受け止めている。ショックが大きすぎて、自分がふわふわ漂っているような心境である。

一九七〇年代、私の記憶する最初の首里城は「怖い場所」だった。子供の悪ふざけの場で語られる肝試しの場だ。

当時は復元事業も行われておらず、「首里城」という名称ではなく「琉球大学跡地」と呼ばれるのが普通だった。

私の幼心に刻まれた首里城は、ひめゆりの塔や旧海軍司令部壕《ごう》に代表される、いわゆる戦跡である。沖縄戦のとき、日本軍の司令部が首里城にあり、アメリカ軍の艦砲射撃によって焼失した忌まわしい場だ。

当時は守礼門だけが再建され、そこで撮られたスナップ写真を見ても、首里城の全体像を描ける人は皆無だった。

八〇年代に入り、首里城復元事業が本格化すると、かつてのイメージは劇的に一新されることになる。

九二年、復元された正殿を初めて見た時、あまりの美しさに呆然《ぼうぜん》とした。弁柄漆の赤い城と、青空が鮮烈なコントラストを見せていたからだ。ピカピカに輝く赤い城は、私の目に美術工芸品のように映った。

同時に私がこれまで触れていた紅型《びんがた》や、漆工芸、琉球舞踊などの琉球文化のパズルが一枚の絵にぴったり収まった瞬間でもあった。沖縄の美は全て首里城に集約される、と確信したのだ。

首里城が私にもたらしたのは、ウチナーンチュの私を肯定してくれる意識革命だった。私より上の世代にはルサンチマンがあった。琉球処分、沖縄戦、アメリカ統治時代、本土復帰と激動の歴史を経た沖縄を卑下するような認識だ。

それが首里城の復元によって、私たちは自らを肯定的に捉えられるようになった。美しい文化があった琉球王国を懐かしみ、誇りに思うようになった。これらは偏《ひとえ》に復元事業に携わった有識者や職人たちの知恵と技術の結晶である。

復元された首里城を一通り楽しんだ私は、あることに気づいた。ハードウェアは立派なものができた。しかし首里城で遊ぶソフトウェアが足りない、と。

かつて首里城は、王と臣下たちが集う生きた場所だったはずだ。これを物語として現代に蘇《よみがえ》らせるのが小説家の仕事ではないか。

こうして私は、首里城を舞台にした『テンペスト』を執筆することになった。ハードもある。ソフトもある。これからたくさんの物語が首里城から生まれることを祈っていた矢先の火災の一報だった。

首里城は文化財や世界遺産だけでは語りきれない、戦後沖縄の文化的達成である。私たちはここまで戻した。その誇りが一夜にして焼失してしまった。そのことが悲しくて、今は自分自身が消えてしまったような思いだ。

いけがみ・えいいち（作家）　「朝日新聞」十一月一日

仕合わせなお弁当

髙村　薫

私がまだ就学前だった1950年代の終わりごろ、二つ違いの弟と父母の家族四人で毎週末、六甲山や摩耶山にハイキングに行った。そのとき持ってゆくお弁当はいつも中身が決まっていて、おにぎり、卵焼き、牛肉大和煮の缶詰かコンビーフの缶詰、そしてごく細い千切りにしたキャベツの塩もみにマヨネーズだった。行楽弁当と呼ぶには手抜きの、家族だけのごく簡単なお昼、といったところだろうか。

母としては、毎週末のことだし、冷凍食品もない時代にそれほど手間ひまをかけられなかったに違いないが、それでもずっと同じ中身が続いたのは、家族がそれなりに気に入っていたということでもある。そう、私の舌が覚えている限りでは、とても美味《おい》しかったのだ。とくにコンビーフと塩もみキャベツとマヨネーズの組み合わせが。いや、そこに甘い卵焼きと香ばしい摺《す》りごまの塩にぎりを加えた全部が、口のなかで一つになったときが。

ハイキングでお腹《なか》をすかせた子どもにとってはおにぎりだけでご馳走《ちそう》だが、シンプルな塩にぎりに、マヨネーズであえたコンビーフとキャベツを合わせたB級の美味は、私のもう一つの舌の原点になったかもしれない。基本的に素材そのままのシンプルな味で育った舌にとって、マヨネーズはいわば駄菓子のような誘惑の味で、コンビーフはもちろん、ゆで卵や芽キャベツの上に搾り出すだけで、子どもにとって完全無欠の一皿が完成する。

コンビーフはジャガイモと炒めたり、マッシュポテトと重ねてシェパーズパイ風にしたりもするが、それでも個人的にはマヨネーズで食べるのが一番だと思うのは、やはり私の美味が家族の思い出とともにあるせいだろう。

それにしても、最近あまりコンビーフを食べなくなった。昔に比べてハムやソーセージの種類が豊富になり、製造方法も味も本格的になったいま、缶詰の肉の魅力が薄れたこともあるだろうし、個人的にはあの白い脂の塊におじけづく年齢になったこともあるかもしれない。

それでも、百貨店やスーパーの売り場の前でいまも知らぬ間に足を止めていることがある。世間の中高年と同じく、塩分や動物性脂肪に気をつけるようになった昨今、もうコンビーフを食べようとは思わないが、あの独特のかたちの缶詰を見ると、この舌が覚えている幸福な記憶がしばし湧き出し、私の心身を満たしてゆくのだ。六甲山の草と土の匂い。日差しの下に広げたビニールシート。父がコンビーフの缶詰の巻き取り鍵をくるくる回して蓋《ふた》を開けてゆき、母が塩もみキャベツの上にマヨネーズをこんもりと搾る、あの仕合わせな時間。ああ、お弁当をもってハイキングに行きたくなってきた。

たかむら・かおる（作家）「朝日新聞」四月二十日

隠棲

藤沢　周

別に特殊なことでもなかろうに。むしろ、真《ま》っ当《とう》な社会的メッセージとして取れないでもない。今、何やら話題の「引きこもり」についてである。

昔からそのネーミングに疑問を持っているが、いわゆる「隠棲《いんせい》」のことであろう？それをマジョリティーの方が類別化し、囲い込み、何か問題が起こるたびに結びつけては、安心するという構図。大体、自分など部屋に閉じこもって、誰とも口をきかず、生産性のない作品を書き続けて何十年である。

頑張ることは大事だけれど、この成果ばかりが求められる世の中で、「俺が、私が」と他人様《ひとさま》を押しのけて、手柄を立てるだの、仕事ができるだの、勉強ができるだの得意顔で、しゃしゃり出て平然としていられる神経が嫌だから、社会に背を向けたくなる。閉じこもりたくなる。その延長で、作家になったようなものだ。

もちろん、様々《さまざま》なタイプがあろうが、私など大学受験浪人の頃は、さらに典型的な「引きこもり」であったかも知れない。友達はいたし、町の者たちとも会話はしたが、もう社会、世界、が嫌で嫌でたまらんのである。ただ、家にいるのも煩わしく、近くの海に行き、浜辺の消波ブロックの間に引きこもり、焚火《たきび》をしては海を眺めていた。毎日毎日である。何を考えていたかというと、もう奇妙奇天烈。妄想の極みもいいところで、「雪景色はなぜ奇麗なのか」、ただこの一点。それについて考えていたら、社会や世界がうっとうしくなってしまった。正確にいえば、「美はなぜ美なのか」という答えが出ないうちは、もう生きていけないと、阿呆《あほう》な淵に陥ってしまったのである。何が受験だ、就職だ、という感じ。だが、今思えば、あの停滞や迷いや苦悩がなかったら、人の痛みも絶望も分からず、「働き方改革ッ」などと言っていたかも知れない。

一人になることは心の地下室でいろんな実験を行うものだが、やはり、小さな窓は開けておくべきだろう。それだけでいい。就労、自立など、ゆっくりゆっくり自分のペースでやればいいんだ。隠遁《いんとん》しなければ見えない風景がある。それだけでも、まず上等。それから、小窓から顔を出して、「世間のやつらは、何、馬鹿《ばか》なことやってるんだ？」と。

「ちと手を貸そうか?」と。そんな感じでいい。必ず、「お、助かる!」と言ってくれる人達がいる。

ふじさわ・しゅう(作家)「神奈川新聞」六月二十三日

できることならスティードで・渋谷

加藤シゲアキ

「地元」という響きに強烈に憧れる。僕の出生地は広島だが、五歳頃には大阪の豊中、九歳で横浜市のT駅へ引っ越し、小学校卒業後に渋谷の青山学院大学附属中学へ入学すると、同時に住まいをT駅の隣の駅に移した。以来その実家のあるところには友人はひとりもおらず、地域のイベントに参加するということもなく、ただ帰る場所でしかなかった。広島も大阪も横浜も、住んだ土地にはそれなりに親しみはあるのだけれど、どれもこう昔の話で、思い起こされる景色の記憶も曖昧だ。だから出身地などを訊かれると戸惑ってしまう。

初めて地元の存在を意識したのは、芸能事務所に入ってすぐ、プロフィール作成用の質問用紙にあった出身地の欄だった。もしここに実際の出生地である広島と書くと、ほとんどが関東勢のタレントのなかでそこが目立ってしまい、「君広島なの？」「広島ってどんなところ？」「やっぱりカープファン？」という質問攻めに遭う可能性がある。それに答えられるほど僕は広島を知らない。だったら目立たないように横浜と書いてしまってもよかったが、そう割り切ってしまうのもどこか納得がいかない。いろいろ踏まえた結果、記憶も愛着もある大阪と書くのが一番得策に思えた。

しかしその計算はあまりうまくいかなかった。当時関西地方に在住していた先輩たちから、「あんまり大阪っぽくないなぁ」「東京のぼっちゃんて感じやん」「そや、シティボーイや」と言われたのだ。決して東京のぼっちゃんでもシティボーイでもないのに、大阪の人から見れば自分から醸されるものは西ではなく東のそれだったようで、寂しいのと同時に、出自というのはどこか匂い立つものがあるのかもしれないと思った。大阪の先輩たちは、地元愛が濃く、人間としても強く感じられた。一方で土地の匂いの薄い僕は、すごく芯のない、弱い人間のような気がした。地元が欲しい――。帰属する土地への憧れはこの頃に芽生えた。

中学からは渋谷に通う生活を高校卒業まで六年間続けた。親しくなった友人たちはみなばらばらのところから通っていたから、おかげで「地元」の話が出ることはほとんどなかった。もしそういう会話になってもそれぞれの繋《つな》がりがないため盛り上がるという感じではなく、ただの近況として受け止められた。そうして僕らはいつも渋谷にたむろするようになった。

毎朝七時の電車に乗り、終点渋谷に着いて、友人と落ち合い、国道246の方から渋谷クロスタワーという高層ビルの中を抜けて校舎を目指す。スクランブル交差点や109などのある方面とは違い、こちら側は渋谷にしてはそれほど人が多くなく、ほとんど通勤か通学が目的だった。しかし例年四月二十五日だけは、渋谷クロスタワーのテラスに多くの人が集まる。ここには尾崎豊のレリーフがあり、命日になるとファンが彼を偲《しの》びにくるのだ。死後十年ほど経っているのに、ファンの数はとても多かった。壁は彼へのメッセージでいつも埋め尽くされていた。すでにタレント業に足を踏み入れていた僕は、憧憬の眼差《まなざ》しでその様子を見ていた。

放課後は渋谷のカラオケやゲーセンに寄ることも多く、休みの日も定期券があるから渋谷に集まった。意味なくデパートの屋上に行って渋谷の街並みを見下ろしたりもした。そのなんでもないような時間が穏やかで好きだった。

ある日センター街でたむろしていると、他校の生徒に話しかけられて仲良くなった。

彼は役者になりたいと言っていた。その後しばらくして、彼をテレビで見かけた。本当に役者になっていた。今は映画監督もしているという。彼とはまだ共演していないけれど、きっとどこかで再会する気がする。

いつも一緒にいた仲間は、高校になるとそれぞれの時間を過ごすこともあった。僕はデビューが決まり忙しくしていたが、友人は先輩に憧れてダンスを始めた（ちなみにこの先輩はオリエンタルラジオの中田さんの弟でもあるＦＩＳＨＢＯＹで、高校の時にストリートダンスの全国大会で優勝した）。

その友人が放課後に渋谷の公園でダンスを練習するのを見たことがある。大きなガラスを鏡にして、細かい動きを丁寧に確認していた。どちらかといえばシャイだった彼が、ダンスを習い、しかも渋谷の公園で人目を気にせず踊っている。そのとき彼が踊っていた音楽を、僕は帰りにＨＭＶに寄って買って帰った。ポイントカードも作った。ポイントが溜まっていくとカードの色が、黒から銀、そして金へと変わると知り、ポイント二倍になる毎週水曜日は必ずＨＭＶに行ってＣＤを買った。もはやＣＤが欲しいのか、金色のカードが欲しいのかよくわからなくなりながらも、最終的に僕はそれを手に入れた。あのカードはいまどこにあるんだろう。

僕にとってそんな渋谷は通学先というだけではなく、もうすこし前から別の関係もあった。芸能活動を始めたのは一九九九年、渋谷の私立中学に入学する一年前、小学六年の頃だった。事務所から突然電話があり、明日オーディションがあるので時間があるなら来て欲しいと知らせを受けた。会場は渋谷のＮＨＫのリハーサルスタジオだった。オーディション当日、母と共に初めて渋谷に行った日のことを覚えている。

九〇年代は、ギャル文化の聖地ということもあって渋谷はワイドショーなどで良く取り上げられていた。それを幼いながらに見てきたせいか、実際に渋谷に来ても別段驚くことはなかった。ただ建物は高かった。

華やかな一方で怖くて危ない場所という印象もあったけれど、その日は日曜日ということもあってか買物客と思《おぼ》しき人で賑《にぎ》わっていて、健全で明るい街に感じられた。井の頭通りを歩いていくと徐々にその明るさは静まり、右側の毅然《きぜん》とした建物が視界に入る。そこが目的地だった。

スタジオ内に入ると五十人ほどの同世代がいた。ここにいるみんながタレントになりたがっていると考えると、どこかおかしかった。そもそも受かるなんて思っていなかった僕は、人生の思い出としてせめてこの記憶を留めておこうと思った。あっというまにオーディションは終わり、最後に二つの番号が呼ばれた。一つが僕の胸についていた番号だった。もう一つの番号を呼ばれた人が、今何をしているかはわからない。

以来音楽番組に先輩のバックダンサーとして出演することになり、他にもコンサートのリハーサルやダンスレッスンなどもそこで行われたため、土日に仕事で渋谷に通うことも増えていった。

仕事帰り、仲間と恋文食堂というレストランでオムライスを食べるのが恒例だった。当時流行ったとろとろのオムライスで、僕らはそれに夢中になった。

恋文食堂という店名は渋谷にかつてあった恋文横丁に由来し、またその通りの名は朝鮮戦争の時代、米兵にラブレターを書く代書屋があったことによる。その代書屋をモデルにした丹羽文雄の『恋文』という小説がヒットすると、代書屋のあった一帯が恋文横丁と呼ばれるようになった。それにちなんで恋文横丁の入り口は大きいポストの形をしていた。店内にも本物のポストが置かれており、投函もできるとのことだったが、実際にしたことは一度もなかった。

これだけ通ったのだから、「地元」を強いて挙げるのであれば渋谷になるのではないかと思っている。ただ地元を訊かれて、「渋谷」と答えるのはなんだか気が引ける。実際にこの街で生まれ育ったというわけではないし、印象として「地元は渋谷です」と答えるのは感じが悪い気もする。でもそう思っている時点で渋谷を心から愛せていないのかもしれない。僕が憧れる「地元」のある人たちはもっと純粋な思いを持っている。この程度の愛情で「地元」としていいのか。

毎年一月半ばになると、そういった地元に対する複雑な感情を、会話のなかで不意に刺激される。「加藤くんって成人式出た?」

僕は成人式に出ていない。そもそもどこの成人式に出るべきだったのだろう。出席の権利がある成人式は、なんの思い入れもない、住居がその自治体に属しているというだけのものだ。面識のない同年齢の人間たちと成人したことを祝うというのは、考えただけでしんどかった。笑顔溢《あふ》れる光景にうまく溶け込める気がしない。すでに芸能の仕事をしていた自分としては、そこでどんな目に遭うかもだいたい想像できた。

結局成人の日は夕方までだらだら過ごし、夜から渋谷へと足を運んだ。自分たちで主催した成人パーティーの会場はイタリアンレストランで、中高の同級生数十名が集まり、男子はスーツ、女子は晴れ着に身を包んでいた。立食形式で、いかにも都会で育った人間のパーティーといった趣だった。どこの人間でもなかった僕は、時を経てようやくシティボーイに近づいた気がした。とはいえ、僕らはみんなスーツは似合っていなくて、いかにも背伸びしてそこにいるといったあどけなさが浮き彫りで、それはそれで愛《いと》おしかった。

僕たちは渋谷で育ち、渋谷で大人になった。そんなことを口にせずともどこかで確め合っている気がした。

中学からの親友たちと慣れないビールを口にしていると、高校からダンスを始めた例の友人の顔が早くも赤くなっていることに気づく。その理由を尋ねると「昼間に地元の成人式に出てきて、すでに結構呑《の》んできている」と彼は言った。式が儀礼的で区長の話が長かったとか、小学校時代の友達が別人のようになっていたとか、なんてことない愚痴を交えながら笑って僕に話してくれた。「そうなんだ」と適当な相槌《あいづち》を打つことしかできない。他にも成人式に出てきてから参加している友達がいた。

彼らは僕と同じように中学から私立に入学していたが、住まいは生まれてからずっと同じ、東京の郊外で、地元の公立中学には行かずとも、小学校の仲間とは友人関係が続いていた。それまであまり口にしていなかっただけで、彼らにはきちんと地元があって、渋谷があった。

小学校時代の数少ない友人とも中学以降は疎遠になってしまった僕とは違って、ちゃんと地元を持った上で、渋谷に通学していた彼らの話を聞いていると、どことなく寂しい気分になる。憧れと嫉妬のような感情もかすかに混じった。なおさら、自分の地元は渋谷なのだ！　と決定づけてしまいたい。デビュー作から三作続けて渋谷を舞台にしたのには、こういった反発のような帰属意識が働いたことも要因なのだろう。

あれからまた十数年が経ち、渋谷は自分の通学先だった頃からすっかり様変わりしてしまった。終点だった渋谷は別の路線と繋がって埼玉の方まで行けるようになった。毎朝友人と集まっていた改札口はなくなってしまった。友人がダンスをしていた公園も、水曜日に通っていたあのＨＭＶも、恋文食堂も今はなくなり、違う店になっている。地元と呼べる片鱗《へんりん》はもうほとんど残っていない。尾崎豊へのメッセージは今もあるのだろうか。

僕が憧れてきた「地元」を持つ人々のように、自分のベースがここにあるかはわからない。けれどここで生きてきた、という事実だけは確かにある。変わりすぎる街並みに途方に暮れることもあるし、本当の意味で地元とは呼べないかもしれないけど、僕たちが集まる場所は常に渋谷で、そこにはいつも夢とか希望とか未来とか、口に出せば照れてしまうような、瑞々しくて眩《まぶ》しいものの芳香が漂っている。
成人の日のパーティーで顔を赤らめていた親友は、今は地元から離れている。ダンスはやめ、会計士になって就職し、結婚し、二人の子供を持ち、家を買った。その子たちの地元はきっとそこになる。東京の中心地で、本物のシティボーイが生まれる。

かとう・しげあき（タレント・歌手・俳優・小説家）「小説トリッパー」春季号

たっぷりの栄養を

俵　万智

高校で古典を教えていたとき、生徒からよく質問された。「先生、こんな昔のものを読んで、何か役に立つんですか？　文法とか古語とか覚えても、英語みたいに使えるわけじゃないし」。

英語なら、学ぶメリットはわかりやすいというわけだ。でも、そもそもそういう観点から質問が出るということ自体が、よろしくない。自分が授業をしていて言うのも何だが、それは古典の授業に、問題がある。語彙と文法を身に着けて解釈をし、現代語訳ができたところで一丁上がり。では次へ……。これではまさに外国語。でもタイムマシンに乗って過去の世界に行けるわけじゃない。だったら飛行機で行ける海外の言葉を学んだほうがずっと楽しいし、役に立つ……よね？

コミュニケーションツールとしての言葉なら、現代語訳ができたところがゴールでもいいかもしれない。でも古典を読む場合は、そこはゴールではなく、スタートだ。意味がわかるようになってはじめて、存分に味わうことができる。そのための語彙の知識や文法なのだ。

いやいや、面倒くさい。そこまでして読むほどのものですか？　今の世の中にも、読んで面白いもの、役に立つもの、たくさんあるじゃないですか。わざわざ苦労しなくても現代語で書かれたものでじゅうぶん……という意見もあるだろう。

でも、それは非常にもったいない考えかただ。そもそも古典は、なぜ古典として残っているのか。昔の人は、先生に睨まれるからとか、受験科目だからとか、そういう義理があって読んでいたわけではない。ただ面白いから、というのが一番大きな理由だ。多くの人が楽しみ、時代が変わっても読み継がれてきた。だから今でも残っている。

つまり古典というのは、いいものが揃っていて、ほぼハズレがない。素敵な読書体験が約束されている。これは稀有なこと。たとえば今出版されている本のうち、どれくらいのものが百年後、千年後、残っているだろうか。それを思うと、今の時代に生まれたからといって、今の時代のものしか読まないというのは、残念なことではないだろうか。

奈良時代に生まれていたら『源氏物語』を読むことはできない。平安時代に生まれていたら『おくのほそ道』を読むことはできない。たとえば平安時代に生まれた『伊勢物語』は、江戸時代に大人気だった。

と、ここまでは一般論というか、高校の生徒にも同じようなことを答えていた。どんどん国際化してゆく社会で、自国の文化について語れるということの大切さなども、加えていたかもしれない。

そのうえ、私たちは短歌を作っている。千三百年以上前から受け継がれてきた定型を、表現手段としている。数えきれない人たちが、この定型にどんな言葉を盛ってきたか。そのサンプルが山盛りあるのに、読まない手はないだろう。

いや、自分はこの定型で自分なりの表現をすればいいのだから、過去の人間が古い言葉で何を表わそうが関係ない、というふうに思ったそこのあなた。五七五七七という形さえあればいいというのは、骨付き肉の骨だけ受け取るようなものではないだろうか。

われはもや初孫得たり人みなにありがちなれど初孫得たり　小島ゆかり『六六魚』

この歌を読んで、ふふっと笑える豊かさ。作者は、小躍りするような喜びを感じたとき、安見児を得た藤原鎌足と、時を越えて共感し、つながり、一首を得た。

シンプルな例ではあるけれど、短い三十一文字の中に、こういう膨らみ、厚みをもたらしてくれるのが古典なのである。たっぷりの財産を、楽しみながら活用しよう。

たわら・まち（歌人）「短歌」9月号

仙童遷化

中沢新一

四十代のはじめ頃、当時の『新潮』編集部から、吉本隆明さんと梅原猛さんと私の三人で、日本人の思想について話し合いをしてみないかという相談を受けた。お二人とはすでに面識もあったし、若さゆえの無鉄砲もあって、私は軽い気持ちで「やりましょう」と返事をした。しかしすぐになんと無謀なことを引き受けてしまったのかと気づいた。このお二人は「空気を読まない」ことにかけては、おたがい右に出るものがなく、そんな二人の間で右往左往している自分の姿が目に浮かんだからである。

予感は的中した。鼎談も佳境に入り、吉本さんがヘーゲルの歴史哲学について熱く語ったところで、「ヘーゲルについて、梅原さんはどうお考えですか」と話題をふった。すると梅原さん「わしはやはりデカルトやな」。人の話少しは聞いててよ、と私は冷や汗をかきながら話題を別方角に切り替えていかざるを得なかった。ところが吉本さんはむしろ自論にちょっかいをだしてこない梅原さんの大人《たいじん》ぶりが気に入った様子で、なんだか知らないうちに全員でデカルトについて語り合いはじめていた。

これぐらいのことに驚いてはいけない。私は京都の年長の友人たちから、梅原さんの破天荒な言行の噂をたっぷりと聞かされていたではないか。人の話を聞いていないどころではない。梅原さんは考え事に夢中になると、まわりがなにも見えなくなり、ある時などは右の足に黒い靴、左の足に茶色の靴を履いて、そのまま大学に向かおうとしたのに気づいた奥様が猛タックルをかけて、梅原さんの驀進をようやく食い止めたという。ときの宰相でさえ丸め込む人たらしの名人であるくせに、たくさんの人に囲まれていながら、梅原さんの周囲だけにはやけに静かな空気が漂っていて、そこで自分だけの考えにふけっていることができるような人だった。

なかでも傑作なのはつぎの逸話である。湯川秀樹先生は晩年に『創造の世界』という雑誌を主宰されていた。そこであるとき「天才」という特集が企画されて、座談会が催されることになった。そこにまだ若かった梅原さんが呼ばれたのである。湯川さんはじめ居並ぶ知の巨匠たちは、「天才といえばアインシュタインのことが思い浮かびますが」

とか「レオナルド・ダ・ビンチの場合は」などと、古今の大天才たちについて語り合った。司会者が「梅原さんのお考えはいかがでしょう」と発言を誘った。すると梅原さんはおもむろに「天才とは、私の経験で申しますと」と、自己体験に根ざす天才論を語り出したのである。これには湯川さんも口あんぐり、「いったいこの人は何者?」。その場に居合わせた人は皆、梅原猛なる人物に目を剝いて驚かされたという。

この逸話には、梅原さんの学問の本質がよくあらわれている。梅原さんは文化的創造における天才の役割をかたく信じていた。梅原さんによれば、天才とは心の深層からまだ出現したことのない未発の可能性を引き出してこれる能力のことをいう。天才は大いなる可能性を秘めた文化的潜在力の土台の上に立って、そこで前例のない造形をおこなうのである。したがって、豊かな伝統があるだけでは不十分で、伝統の殻を破って新しい伝統をつくりだせる天才がなければ、どんな文化も萎れていってしまう。

こういう考えから、梅原さんは「古代」の研究に取り組んだ。法隆寺の謎を解き明かすには、建築史や仏教史の知識をどんなに積み上げたところで不十分で、そこに聖徳太子という天才が歴史に与えた衝撃を考えてみなければいけない。聖徳太子のような存在は、歴史の「特異点」として消し去ろうとするのが世の常である。すると後にはすさまじい負のエネルギーだけが残される。これをどう処理したらよいのか。その問題を解決するためにつくられた法隆寺に、怨霊鎮魂の意味が隠されているという梅原さんの発想の根底には、「大衆」(ここには権力者や学者も含む)と「天才」の葛藤と弁証法が潜んでいる。

柿本人麻呂は冶金と墳墓造営に関わる「穴師《あなし》」の一族に出現した芸術の天才である。その一族は葬祭儀礼も掌っていたから、とうぜんモガリの期間に歌われる「挽歌」の創作にも関わった。後世にはこの柿本一族の末裔から、「人麻呂」とか「猿丸」などと呼ばれる放浪の芸能者が出た。歴史の地べたを這うような芸能者の群れと、古代にすぐれた挽歌を残した天才芸術家のイメージが、梅原さんの中で一つに溶け合ったとき、そこに刑死させられた天才という像が生まれた。学者たちは梅原さんの説を、にべもなく否定するだろう。しかしそこには、事実よりも深い真実が隠されており、梅原さんはまちがいなくその真実のほうに触れていた。

梅原さんはご本人の「経験」から、常識や伝統の殻を破る天才なるものの秘密を知っていて、その天才なるものの内側の視点から、歴史の意味を読み解こうとした。そうなると哀れなのはあとに残された「事実」であるが、そんな拘泥もきれいさっぱり捨て去って、梅原さんという仙界の童子は、いま地上の遊びを尽されて、遷化を果たして故郷に戻って行かれた。

なかざわ・しんいち（思想家・人類学者）「新潮」3月号

まばたきをするように

辻村深月

この秋、都内のある高校の学園祭で、私の著作が劇になり上演された。上演許諾の申請が来た春先、私は思わず「え、本当に？」と呟《つぶや》いた。とても驚いたからだ。

小説のタイトルは「オーダーメイド殺人クラブ」。中学2年生の主人公の少女が、親や友達との関係に行き詰まりを感じ、悩む中で、「自分の人生に劇的な物語がほしい」「特別な存在になりたい」という思いから、クラスメートの男子になんと自分の殺害を依頼する。「私の〝少年A〟になってよ」という挑発に、彼も乗る。果たして、2人が起こそうとする〝事件〟の行方は――という、かなり尖《とが》った内容だ。

まず思ったのは、この内容の上演をよく学校や先生方が許諾したな、ということだった。

次に、舞台化はかなり大変なのではないか、ということ。中学生の主人公たちを、年の近い高校生たちがどう脚本化し、演じるのか。あまりに未知数で楽しみになり、上演を受け入れた学校がどんなところか見てみたくなった。

そんなわけで、9月の日曜日、担当編集者と都内の高校を訪ねた。校門の前で顧問の先生と代表の生徒さんが丁寧に迎えてくれ、いざ、敷地内へ。あちこちに劇の立て看板やポスターが貼られ、上演前からドキドキしてくる。立派な講堂に案内してもらい、席に着き、いよいよ舞台が始まる。

「これは悲劇の記憶である」

原作通りの最初の一言。その言葉を聞き、鳥肌が立った。

高校生の演劇は、全力だ。そして、絶妙なリアリティーがある。

プロの大人が作る時のように役者を休ませることやペース配分を考えないから、主人公を演じた女の子は最初から最後まで舞台の上に出ずっぱり。男子たちも流暢《りゅうちょう》なところがない分、声の抑揚やぎこちなさまで含めて、私が描いた〝中学生の世界そのもの〟という感じだった。

それでいて小道具にこだわってくれていて、彼女たちが舞台上で手にするのはスマホではなくガラケー。今のＬＩＮＥの早さとは違う、一度考えてから送信するメールのやりとりをした原作の時代性を大事に表現してくれた。高校生とその保護者が座る客席にも臨場感が満ちていてとても楽しく、クライマックスでは登場人物と演じる彼ら、双方の真剣さが胸に迫って涙が出た。

「ありがとうございました」

劇が終わり、みんなが私に挨拶に来てくれた。主演の女の子と、脚本を書いた男の子以外は、皆、私の姿を見て丁寧に礼をするだけで、すぐに舞台の方に戻っていく。話したそうにしてくれたけれど、6時までに撤収作業を終えなくてはならないからだ。去りゆく背中をまぶしく眺める。

2時間ずっと出ずっぱりだった主演の女の子は、上演後私と話している間に声がどんどん掠《かす》れだした。明日もまだ公演があると聞いて「喉を温存して！　これ以上しゃべっちゃダメ！」と思わず手を取った私に、この小説を小学5年生の時に読んでものすごく共感したこと、その時にいつかこの高校に入って舞台化するんだと決めていたことなどを教えてくれた。

小学生から高校生までの濃密な時間。私にとってはつい最近書いたように思える小説が、彼女の中に占める大きな時間に寄り添っていたのだと思うと、不思議な感慨に襲われた。

卒業後、大学などでも演劇の道に進むの？　という私の問いかけに、主演の女の子は「まだわかりません」と答え、脚本を書いた男の子は「とても楽しかったから考えてみたい」と答えてくれた。

その答えに、自分自身の高校時代をふと思った。本が好きで、いつか作家になりたいという気持ちに押しつぶされそうだったあの頃から今日までの時間は、つらいこと、嬉《うれ》しいこと、いろんなことがあり、悩み、迷ってきたはずなのに、今振り返るとまばたきするように一瞬だった。

観に来てよかった、と思った。

実はその前の週、私の高校時代の同級生が病で亡くなった。40歳の、あまりに早すぎる死だった。

未来を「まだわからない」と答えるまっすぐな瞳と、そこから今日までの私の一瞬に思えた時間の両方が、人生には矛盾なく存在する。私が描いたような、1年先の自分が想像できずに本来は遠いはずの死を背中合わせにして救いを求める10代の感覚も。

どうか後悔がないように。あなたたちの先に広がる道や時間は等しく尊いのだと思いながら、自分もそんなことを考える年になったのだなぁと自覚して、学校を後にした。

上演してくれたみんな、本当にありがとう。


つじむら・みづき（作家）「日本経済新聞」十月二十七日

ごまかしやのしっぱい

町屋良平

小さいときからしっぱいはおおかったが、とくに小学生のころからすごくしっぱいをするようになった。というより小学生のときがいちばんしっぱいしていた。

とにかく忘れ物をした。鉛筆は削らなきゃいけないし、プリントはいろいろ書いたあとでまた学校にもっていかなきゃいけないし、分度器やコンパスや書道道具や給食袋や体操服や……いま思い出すとまた気がくるいそうになる。こんなにたくさん！　毎日毎日！　大変だろう！　ぼくは鉛筆を削り忘れてしまったときは歯で噛んで芯を出していた。先生には怒られたし、すごくきたない。わかっている。でもやめなかった。なぜなら鉛筆を削ることを忘れてしまうからだ。消しゴムもよく忘れたのでノートを唾で濡らして擦った。そうすると鉛筆の字がにじんで消えた感じになるからだ。そしてまたすごく怒られた。ぼくは自分がすごく特別しっぱいしているとおもっていた。小学校三年生まではとくにそうおもっていた。

小学校四年生になると、だんだんわかってきた。ぼくが楽にできることをむずいとおもうクラスメイトがいて、ぼくがむずいとおもうことを楽にできるクラスメイトがいた。

両方いる！

こうしてぼくは自分が特別しっぱいをするわけではないということがわかった。でも、しっぱいをするこわさがへるわけではない。そのうちぼくは、しっぱいをしてもこわくない、しっぱいをしても堂々としているクラスメイトもいることを発見した。

しっぱいをしても堂々としている！

こうしてぼくは自分がしっぱいすることにこわさや恥ずかしさを感じる性格で、そうじゃないクラスメイトもいることをわかった。かっこいいな、とおもった。しっぱいをしても堂々としているクラスメイトはかっこいい！

ぼくは大人が怒っているときはすぐにわかったから、なるべく目だたないようにしていた。そうすれば怒られるのはだいぶ減る。怒られるのがすごくいやだったからそうしたけれど、ぼくはそれもじつは「しっぱい」のひとつだったんじゃないかとおもっている。

そんなに周りの目を気にしないでのびのびしていたかった。のびのびしているひとへのあこがれがある。

だいたい、忘れ物をしたからといって怒らないでほしかった。性格上、ぼくは怒られると緊張してまたしっぱいをする。それでまた怒られて、しっぱいをする。緊張するとすごくきつい。時間がすごくながく感じられるし、ぜんぜんたのしくないし、なんだか頭もおなかもいたいし、とにかくいやだ。緊張したくない。怒られたくない。怒られるともっとしっぱいしちゃうんだけど！　そんなふうに怒ればよかった。ちなみにこういうふうに考えるのは今も変わっていない。ものすごく忘れものをするし、小学生のころとぜんぜん違う種類のしっぱいもする。たとえば、ぼくはよく「気をつかう」のにしっぱいする。「こうしておいたらあの人はよろこぶに違いない」「ああ言ったらこの人は怒るに違いない」とかいうのを、まったく間違えたりしている。みんな心地よく生きていくために、なんとかしっぱいを減らそうとがんばっているのだけど、みんなが思う「しっぱい」はそれぞれべつのものだったりするからたいへんだ。

ときどき「しっぱいした！」とおもって急に顔がカーッと熱くなり、なんとかごまかそうとする。このごまかそうとする性格は子どものころからずうっとそうなので、ぜんぜんなおらない。基本的にいつも、なにかをごまかそうとしている。つまり、しっぱいをしても堂々としているクラスメイトにあこがれたのは、しっぱいをしてもごまかさずにいたからだ。

でもぼくはだんぜんごまかす。ごまかしすぎて、もう最初にあったものがなにで、ごまかした結果がどうなってしまったのか、わからなくなっちゃうことがある。それでもごまかす。これはほんとになおらない。ごまかしぐせはなおらないのである。

そのうちにぼくは小説を書いて小説家になった。信じてもらえるかわからないけど、小説家はごまかしや（ついごまかしちゃうひと）にむいている。めちゃめちゃ必死になにもかもをごまかした挙げ句に、なんとすごくほんとうのことだけが残るからだ。だから小説はうその話だとおもわれているかもしれないけど、じつはすごくほんとうの話なのだ。すごくがんばってごまかすと、最後にはほんとうが残る。ごまかしやは小説を書いてみるといい。ごまかしてばかりの自分の「ほんとうのこと」がみえてきて、自分のつらい気持ちがすこしだけ楽になるのだ。

まちや・りょうへい（作家）「飛ぶ教室」58号

すらすら一気

平田俊子

おおやけの場所でお名前を出すのは失礼になるかもしれないのでAさんとさせていただくが、おととしAさんにお目にかかったときに伺った言葉が忘れられない。

「送っていただいた本のお礼状を出すのは、そろそろ許していただこうと思うの」

Aさんは詩人の大先輩。若い頃から詩や散文で活躍され、たくさんの仕事をしてこられた。慈愛に満ち、分け隔てなく人と接するAさんは誰からも慕われている。はじめてお会いした30年ほど前からわたしもAさんのことを敬愛している。

Aさんの家には、詩集をはじめとする贈呈本が日々何冊も届くことだろう。開封して目を通すだけでも大変だろうに、これまでそういう本の大半にお礼状を書いてこられたというのだ。わたしは思わず息を呑《の》んだ。

わたしも自分の詩集やエッセイ集などが出るたびにAさんにお送りしてきた。勝手に送りつけるのだからゴミ箱に投げ捨てられても仕方がないと思っているが、Aさんはいつもはがきをくださった。そこには美しく力強い字であたたかな言葉がしたためられていた。朝な夕なに読み返し、拝みたくなるようなはがきだった。そういうはがきをAさんは毎日毎日何枚も書いてこられたのだ。八十代の終わりになるまで。何十年にもわたって。

礼状を出すには、まず本を読まなければならない。それから紙と筆記具を用意して、感想を書かなければならない。そして赤いポストに入れにいかなければいけない。たくさんの時間や相手のことを思う気持ちが必要だ。ご自分の仕事だけでも多忙だろうに、Aさんは大切なものを人のために費やしてこられたのだ。そういうところも含めてAさんはたくさんの人に慕われ、敬われているのだろう。

Aさんに比べてわたしはひどいものである。本を送っていただいてもお礼状を出すことはほとんどない。感謝しながら拝読し、それでおしまい。いけないなあと思うものの、気持ちがその先に向かわない。

先日、Bさんからエッセイ集が届いた。いつもは堅苦しい文章を書く人なのに、その本は最後まですらすらと気持ちよく読めた。よし、Aさんを見習おうと思い、そういう感想をはがきに書いてBさんに送った。

その後、何かの集まりでBさんに会った。もともと親しいわけではないが、そのときは一段とよそよそしかった。帰り際にBさんはわたしのそばにつかつかとやってきて、「最後まですらすらと読んだとは何たるちあサンタルチア」みたいなことをいった。ひんやりした汗が流れた。わたしのはがきの文面がBさんの気に障ったらしい。

すらすらと読まれる文章を書くには工夫が要る。言葉の選択だけでなく、文章の流れや構成に気を配らなければならない。すらすら読まれる文章がすらすら書けることはない。すらすら読める文章のためには、すらすらいかない時間が必要だ。

だからこそすらすら読める文章は値打ちがあるのだが、Bさんは「すらすら」を自分の本にたいする侮蔑と受け取ったらしい。ああ、何たるちあサンタルチア。これだから言葉は難しい。たった一つの言葉でさえ、こちらの意図とは反対に相手に受け取られてしまうのだ。二度と礼状など出すものか。

とはいえ、Bさんの気持ちもわからないではない。というより、実はよくわかる。著者が読者に期待するのは豊かな読書の時間だ。何の引っかかりもないままあっさり読み終えるのではなく、途中で立ち止まって考えたり、少し引き返したりしながら、自分の本をゆっくり味わってもらいたいのだ。

もちろんそれは著者のわがまま。どんな読み方をしようと読者の自由だが、あまりにも簡単に読み終えられると、手間暇かけて作った料理をそそくさと食べられたように寂しくなるのだ。

「すらすら」に似たニュアンスの言葉に「一気」がある。雑誌や新聞などの書評で「一気に読めた」を割によく見る。ほめ言葉のように使われているが、本当のところはどうなのだろう。

「何も考えずにあっという間に読み通せるから時間つぶしにはなるよ。あとに何も残らないけどね。ははは」。そういう意味を込めて「一気」を使う人もいるのではないか。ほめ言葉のように見えて、やんわり相手をけなせる「一気」。油断がならない。「最後まですらすらと一気に読めた」などと書評にあったら、その本の著者はすらすら読み流さないほうがいい。

ひらた・としこ（詩人）　「日本経済新聞」七月七日

人は本を読まなくなったけれども

津野海太郎

以前にくらべて、いまの人が本を読まなくなっているのはたしかでしょうね。ここまで本ばなれがすすめば、それを否定するのはむずかしい。でもだからといって、このままいったら、いずれ私たちの暮らしから「読書する習慣」がまったく消えてしまうだろう、とまでいえるかどうか。

私はいえないと思います。

――本はひとりで黙って読む。たいていはじぶんの部屋で。

それが普通の意味での「読書」だとすれば、この習慣はそうそう簡単には消えないでしょう。ただし、その習慣をささえる社会の常識といったものは、以前とは変わっていくかもしれない。その可能性は大きいと思う。

ここで「以前」というのは、私たちの多くが生まれ育った二十世紀という意味ですが、あのころは、本を読む人もさして読まない人も、ほとんどの人が「本を読むのは文句なしにいいことなのだ」と、ぼんやり信じていた。もちろん私も。つまるところ、それが社会の常識だったのです。

——ええっ、そんなの二十世紀にかぎらず、大むかしからの常識なんじゃないの。

そう考える人もいるかもしれないが、ちがうんですね。

それ以前は、「本はひとりで黙って読む。たいていはじぶんの部屋で」などというのは、ごく少数の人びとだけにゆるされた特権で、私たちのようなふつうの人間は、その特権からは当然のように外されていた。ふつうの人間の社会では読書はむしろ悪徳とみなされ、「本なんか読んでいないで働け」というほうが常識だったのです。

それが変わりはじめたのが、日本でいえば江戸後期から明治にかけての時期。だから十九世紀です。

まず「寺子屋」という民間での初等教育のしくみがひろがり、それが明治にはいると新しい「学制」にとってかわられる。誕生したばかりの近代国家を底からささえていくには、すべての日本人が文字を読めなくてはならない。そこで国家規模での識字教育が本格的にはじまり、明治末期、二十世紀がはじまるころには、男女を問わず、日本人の大半が本を読めるようになっていた。

それに並行して資本主義的産業の成熟がすすみ、大正期になると、本の大量生産や迅速な流通システムがほぼ完成し、ローソクや石油ランプにかわって、ようやく一般家庭にまで電灯が普及する。つまり階級的な制約をこえて、だれもが本を読む力をそなえ、その本を低価格で、なおかつ簡単に入手し、それを夜でも楽に読める環境がととのったわけです。

そして、さらにそこに福沢諭吉の『学問のすゝめ』を大正期にひきつぐ「教養主義的読書のすすめ」ともいうべき知識人たちの啓蒙運動や、昭和初期の文庫や新書や円本（廉価版全集）といった新しい出版形態の出現がかさなって、二十世紀の社会に、あの「本を読むのは文句なしにいいことなのだ」という新常識がしだいに根づいていった。

したがって、ここでいう「いいこと」の「いい」には、最初から、バランスのとれた知性を身につけて、じぶんの生きる基礎をしっかりかためるという教養主義的な意味がこめられていた。そしてこの常識が戦争と敗戦をへて、七〇年代の終わりごろまで延々とつづいていく。それはそれで理由のあることなのですよ。ただし大きな問題がひとつ。

教養主義的読書を軸とする環境で、いつしか「いい本」と「わるい本」の区分が極度に強調される結果になってしまったのです。

すなわち哲学や歴史や科学や純文学などが「いい本」で、他方、マンガや大衆小説などは俗悪な「わるい本」として、その下におかれてしまう。子どものうちはマンガをよろこんで読んでいても、成長するにつれて内外の哲学や純文学にしたしむようになる。いや、そうなるべきである。

――なのに高校生になっても、おまえはまだマンガを読んでいるのか！

なにしろ私は戦後初期にものごころついた古い人間ですからね、こうした下から上へと登っていく「読書の階段」の呪縛からは、なかなか抜けだせなかった。先生やだれかがそうおどすというのではないですよ。いつのまにか、じぶんでそう信じるようになっていたのです。

しかし、六〇年代後半に大学生がマンガを平然と読むようになったあたりをきっかけに、この脅迫的な「読書の階段」がガラガラと崩れはじめ、二十世紀も終わりに近づくころには、「いい本」と「わるい本」という区分は、「かたい本」と「やわらかい本」という区分にとって代わられていた。そしてそれにつれて、かたくてもやわらかくても、ぜひ読んでおきたい本があるし、読まなくてもいいと思う本もある、それは社会の圧力によってではなくじぶんで決める、という新常識が生まれてきた。

私は「本を読むのは文句なしにいいことなのだ」という常識に慣れていたので、正直いって最初はとまどいました。だけど、もう慣れたな。現に、「読書の階段」が崩れたのちの広い世界で、以前は「わるい本」だったマンガや大衆小説の質が飛躍的に高まり、いまや、むかしの「いい本」にせまる、ときにはそれをこえる深さをそなえるようになっているのですから。

そうした新しい環境で、人びとは「本はひとりで黙って読む」という習慣を、私たちとちがうやり方でひきついでいくだろう。いま私はそう思っています。強欲化した資本主義とか、いまだに未熟なままの電子出版とか、大きな問題が山積している。それは事実ですけどね、でも大きな転換期というのは、いつだってそういう厄介なものなのですよ。

つの・かいたろう（評論家）「うえの」10月号

耳覚めの季節

青山七恵

三年前、新宿末廣亭の深夜寄席ではじめて落語を聴いてから、ときどき落語会に足を運ぶようになった。おもしろい話を聴いて、ふふふと笑う、それだけでじゅうぶんに楽しい。周りを見回すと、ほかのお客さんたちもどうやらそんなふうらしい。客席の全員がおもいおもいにゆったりくつろぎながら、高座にいる噺家《はなしか》さんの声に耳を澄ませ、声をあげて笑っている。考えてみれば、人目を気にせず好きなだけ笑える公共の空間というのは、現代の暮らしのなかでは案外少ないのかもしれない。

噺家さんは背景画も効果音も使わず、ただ声と上半身の動きと扇子と手ぬぐいだけで、すべてを表現する。聴衆はそれぞれの心の内で、見えない部分を想像する。だから高座では、実在する肉体の動きと聴き手の想像する世界が常に二重写しになって進行していく。これがまた楽しい。寄席で聴いた噺を数日後に思い出そうとする感覚は、自分が見た夢を思い出すときの感覚に似てはいないだろうか？　それはきっと、与えられたストーリーとそれに自ら関わろうともがく意識の拮抗のありかたが似ているせいなのだと思う。

加えて落語には、なんともいえない懐かしさ、ごく個人的な、過ぎ去った時間への愛着をかきたてられるところがある。寄席に行くと、眠る前、親がしてくれる昔話に一心に聴き入っていた子ども時代の耳の感覚がほのかに呼び覚まされるのだ。文字というものを学んでから、お話とは聴くものではなく、読むものになった。成人して小説家になってからは、さらにお話を書くほうの人間にもなったのだから、ますます耳は目に押しのけられ、お話から遠ざかり、読書中にかかってくる電話や玄関チャイムに反応する役割しか果たせなくなってしまった。

だからここ数年、落語に惹《ひ》かれているのはわたしの心ではなく、長らくお話を渇望していた耳のほうなのかもしれない。人類がまだ文字を持たなかった古の時代の神話も、口承で語り継がれるものだったという。それからずっと時が経《た》ち、落語芸能が生まれた江戸時代の人々も、噺家の声に一心に耳を傾け、声を上げて笑い、その間だけは日常のくさくさした気持ちを忘れていられたのだろう。寄席で耳を澄ませていると、そんな古い時代の人々の笑い声が、いまを生きる人々の笑い声のなかに反響しているように感じられる。

ところで、耳はお話だけではなく、未知の言葉との出会いにも飢えていたらしい。

去年、最初に末廣亭に誘ってくれた落語好きの妹と、ある噺家さんの独演会に行ったときのこと。終盤に「へっつい幽霊」という演目が始まって、わたしは戸惑った。噺の中心となる重要な道具「へっつい」が、どんなものだかわからなかったのだ。噺の内容から想像するに「へっつい」とは、一、古道具屋で売っている、家に置くもの（実用品か美術品かは不明）。二、ある程度重さがあるもの。三、なかからお金が出てくるくだりがあるので、内側にいくらか空間のあるもの。

「へっついって、何？」会が終わってすぐに妹に聞くと、彼女もよくわからないという。じゃあ調べよっか、とスマートフォンをポケットから出したところで、ふと手が止まった。Googleの検索窓に「へっつい」の四文字を打てば、たちまちその形状も用途も素材も明らかになるだろう。けれども、どうも気が進まない。せっかく「へっつい」という言葉を偶然耳で聞いて知ったのだから、実物の「へっつい」とも現実に足を運んでいけるどこかの場で自然に出会いたい、と思ってしまったのだ。たとえば、旅先でふらりと入った歴史資料館の片隅で、あるいは、友人のおばあちゃんが住む田舎の古い民家で……。そういう偶然に導かれた出会いを期待するのは、もう時代遅れなのだろうか。

結局その晩、わたしは「へっつい」を調べなかった。「へっつい」が何なのかは、とても気になる。が、少なくとも「へっつい」を知らずとも「へっつい幽霊」はじゅうぶんに楽しめたし、目下この言葉を知らないことで命を落とすような危険性もなさそう。だからあとは自然に任せて、お互いそれぞれの人生で偶然「へっつい」に出くわしたときには必ず報告しよう、妹とはそう約束して別れた。

その後しばらくして、夏目漱石の「吾輩は猫である」を読み返していたとき、子どもが猫を「へっついの中へ押し込んだりする」という一文に出くわし、思わず本を机に伏せた。これまでまったく注意を払っていなかったけれど、ひょっとしたら、この時代に描かれた小説を通してわたしはすでに文字の「へっつい」には出会っていたのかもしれない。それからほどなくたまたま開いた雑誌のなかで、書斎らしき部屋にいる漱石の写真に目が止まった。前屈《かが》みになって小さな机で腕を組む漱石の斜め後方には、リンゴに似た形の、いかにも重たげでどっしりとした壷《つぼ》のようなものが置かれている。もしや、これが「へっつい」では……？　おそるおそる妹に見せると、これは火鉢だろうとのこと。

こんなことでいちいち胸を撫《な》でおろしているのもおかしいけれど、わたしはいまだ、「へっつい」という言葉を呟《つぶや》くたび、長らくお話の世界から遠ざけられていた両耳の、切なる喜びを感じる。目覚めならぬ、耳覚めのときが来たのかもしれない。もっと知らない言葉、知らないお話を聞かせてほしい、そう切望する耳は、熱心に昔話をせがんだ子ども時代のわたしの耳、江戸時代の寄席で笑っていた誰かの耳、さらに遥《はる》か昔、森羅万象の不思議を語る声に聴き入っていた誰かの耳と、どこかで繋《つな》がっているような気がするのだ。

あおやま・ななえ（作家）　「日本経済新聞」四月七日

プラ田プラ夫

長嶋　有

かつて「海外旅行にいくと、現地でブランドばかり買い漁《あさ》る日本人がよくいるものだ」と言われた。嘆かわしい、やんぬるかなという調子で。本質をみずに、とにかくブランドでさえあればよしとするふるまいは、たしかに浅ましく思えただろう。

若いころは金がないから、海外旅行も、ブランドの店も縁遠いものだったので、実際にそんな現場に立ち会ったことはない。誰かの言動の中にのみ「ブランドばかり買い漁る」人の像は生き続けた。

その像は「まったく、日本人はブランドに弱いんだから」という嘆きの言葉も生んだと思う。「ばかり買い漁る」人という部分が消えて、より広いレンジで、日本人全員が批判されるようになった。そのプレッシャーゆえか「ブランドというだけで価値を感じるなんておかしい」という考えが我が内面にも気付けばなんとなく、備わっているようになった。

そんな自分が、スーツをあつらえることにした。あるときダイエットが成功したのがきっかけだった。以後もうリバウンドをしないために、いわば「拘束具」として、高いスーツをオーダーメイドしようと考え付いた。

世間に植え付けられた「ブランドというだけで価値を感じるなんておかしい」が心にある一方で、高価でなければリバウンドに対する抑制にならないだろうとも思った。

プラダで作ろうと思った。かつて文学賞を受賞したとき、授賞式に着ていく服がなくて、あわてて銀座でそこそこのものを買ったのだが、その際にプラダもみた。そこで服を採寸してもらっている客を目撃したのが、ずっと記憶の隅にあった。

そのときは既製品を買って、それきり忘れていたのが、ダイエットの成功を機に再び頭をもたげた。

それは、ただ採寸の「光景」をみたのだが、そうではない。「生き方をみた」ような感覚があった。自分の人生には、服を採寸してもらうなんてことがあってもいい。自分で自分に、そんな風によくする生き方も、無数の生き方の中にはある。

銀座での買い物に慣れている友人、Z嬢と落ち合った。アドバイスをしてもらうのだ。まずプラダで仮採寸をしてもらうことに。午前中のプラダはすいていた。

そこで知ったのだが、プラダには「フルオーダー」はないのだという。ある程度フォーマットは定まっている。それでもレストランで肉の焼き加減に注文を付けるなんてこととは次元が違う。布地や裏地なども含め、本当に「フル」で指定するのはむしろ大変なことだろう。

高い買い物だから、見積もりだけしてもらい、他もみて回ることになっていた。Z嬢はスマートフォンの地図機能を駆使し「スーツ世界巡り」を計画してくれていた。

「イタリアの次は、英国！」スーツ発祥の地のスーツをみずに決めるなんて、スーツ道にもとる、と。意気揚々と向かうはダンヒル。ここでSNSでの呼びかけにより、友人が二人、合流した。別に皆、スーツをつくりたいわけではない。似合わない高価な買い物をする僕を面白がって、見学にきたのだ。

数名でワイワイ、この生地がいいだの、こっちの襟がいいだの言い合う、そんな物見遊山のような集団客、ほかにいない。

ダンヒルは、カタログのモデルがダニエル・クレイグ。なるほど、シンプルなプラダと比べた際、試着した自分も007的な「できる男」感が醸し出されている気がする。

「空港によく貼ってるノートパソコンの広告の中の中年サラリーマンみたいだよ」とZ嬢（……まあ、「できる」男風であることは認めてもらえたわけだ）。採寸が盛り上がりすぎて、針の刺さったズボンをはいたまま外に出て（店員も我々のノリに呑まれ、笑顔で見送って）しまい、あわててズボンごと返しにいったりして、次は「イギリスの次は日本もみよう」とZ嬢。政治家もよく着ているという老舗に向かう。

そこは日本での縫製と、フルオーダーが売りだ。カタログが分厚い。日本国内で作成してもらう方がすぐ完成するし、とにかく、膨大な組み合わせから自由に指摘できる。そして、海外のブランドより少しだけ安い。

えっと思う。考えを巡らせる。つまり、さっきのプラダやダンヒルで測ったサイズ、形、布を覚えておいて、同じ形を伝えれば、同じものを入手できるということか？

「まあ、そういうことですね」と店員も。厳密に、まるで同じ布を用意できるわけではないだろうが、形に関してはできるだろう、と。

同じ形で少し安い。納期も早い。「いい」ことしかない。僕は混乱した。オーダーメイドって、そういうことだ。別に隠されていたわけではないことなのだが、認識することで、すさまじいほどの全能感を覚える。

そしてその全能感は、僕を開放的にせず、むしろ身を竦《すく》ませた。いつか「そういう生き方」があると思った。その生き方の可能性は分厚いカタログ分、無限に開かれていた。同時にもう一つ、強く感じたことがある。ブランドと同じ形のものを安価に入手できるという事実が、少しも嬉しくないのだ。

じゃあ、僕が今、ほしいものって、なんなんだ。夾雑物《きょうざつぶつ》を取り払ったむき出しの、混じりけなしの「気持ち」がツルンとあらわれてみると、それは「ブランドがほしい」だった。たしか「ブランドというだけで価値を感じるなんておかしいという考えが備わってい
た」はずではなかったか？　逆だ。むしろ自分は今、ブランド「だけ」に率先して価値を感じている。

自分がそうだったという気付きは、むしろ不思議な爽快感をもたらした。ブランドの正しい「価値」がいきなりわかったのでもある。買い漁る人を不粋に思う気持ちさえ、急に備わった気がする。

日本のオーダーメイドの店を経て「最後はフランス！」すでに日の落ちた銀座の街を移動してたどり着いたディオールのスーツ。なるほどしゃれていて、ちょっとホストっぽくもある。

世界巡りは最後、プラダに戻った。十数年前の記憶の残像の通りに、シンプルなプラダを選ぶことにしたのだ。さらに大勢になった仲間と閉店間際のプラダにわいわいと入店。やはりそんな騒がしい買い方の客、ほかにいなかった。本稿の題名は、成約の際に友人につけられた僕のあだ名である。

ながしま・ゆう（作家）「銀座百点」10月号

最期に食べるもの

平松洋子

「人生の最期《さいご》に、あなたは何を食べますか」というお定まりの質問がある。

単刀直入、きわめてわかりやすく思われて、解釈の幅は意外に広い。「最期」を、〃いまわの際《きわ》〃と捉《とら》えるひともいれば、最後に足を運びたい店はここ、と意気軒昂《いきけんこう》な自分を想定するひともいる。あるいは、「とんかつ」と答えて、「揚《あ》げ物が食べられるくらいなら、人生の最期はしばらく来ないね」とストレートな反応をされてしまい、苦笑いしていた友人の顔も思い出す。訊《き》くほうも訊かれたほうも、妙なものがぼろんと露呈《ろてい》することがあるから、よけいに訊きたくなるのかもしれない。

これまで私も何度となく訊かれてきたが、すんなり答えられたことは一度もない。「その質問、ひとつに決められなくて苦手なんです」とか「こないだは塩むすびと答えたんですが、今日はなぜかアジの干物の気分です」とか、苦心惨憺《くしんさんたん》。いやいや、考え過ぎないで、何かひとつに決めておいたのを言えばいいんですよと助言されたこともあったけれど、それでは質問の相手にも食べ物にも失礼だろうと思ってしまう。何にしても収まりがよろしくない。

最近、いっそう答えづらくなった。今年一月に父が亡くなったのだが、病室のベッドで「食べたい」と所望したのはお菓子のビスコだった。主治医から「何でも食べさせてあげてください」と言われ、私はあわてて外に飛び出してビスコの赤い箱を探した。

葬儀《そうぎ》を終え、お骨を納めた白木の箱が自宅に戻ってきて数日後、私ははっとした。

――そうか、父が最期に自分の意思で食べたのはビスコだったんだな。

満足げにビスコを三個囓《かじ》った数日後から病状は坂を下り、妹が持参した父の好物の饅《まん》頭《じゅう》も、もう食べられなかった。電話口で、妹が言っていた。

「食べる気力がでるといいなと思って、『お父さん、明日はこのお饅頭食べようね』と見せたんだけど、呼吸器をつけたままうんうんと頷《うなず》くだけだった」

自分が最期に食べるものは、だから、しばしば自分では決められないのだ。父にしたところで、今ごろ草葉の陰で苦笑いしているかもしれない。あれが最期になるんだったら、鮨《すし》とか鰻重《うなじゅう》と言えばよかったよ、なんて言いながら。そんな打ち明け話をしていたら、友人が「それにしても、なぜお父様はビスコが食べたかったんでしょうね」。私は絶句した。遠い記憶の片鱗《へんりん》が疼《うず》いたのか、それともあの味に惹《ひ》かれたのか。しかし、父はすべてを封印《ふういん》して逝《い》ってしまったのだから、確かめる手立ては永遠にない。

「人生の最期に、あなたは何を食べますか」

幸福な質問だなと、つくづく思う。自由、生の喜び、祝祭感。だから、ひとはこのお定まりの質問を手放さないのだろう。いっぽう、果たして自分が最期に口にすることになるのは、本当は何なのか。興味はそそられるが怖くもある。

ひらまつ・ようこ（エッセイスト）「潮」7月号

氷白玉

南條竹則

以前、中国料理に関する随筆を書いていた頃、「史記」でも「唐宋八家文」でも、中国の古典を読んでいて飲食の話が出て来ると、そのたびに覚え書きを取った。それがいつしか癖になって、国籍を問わず、小説などにあらわれる食べ物のことをむやみと気にするようになってしまった。

正月にかねがね欲しかった永井荷風の全集を買ったわたしは、すでに読んだ作品も未読の作品も差別なく読み通している。右に言った癖が抜けないので、飲食に言及した箇所に付箋を貼っている。

そんなことをしながら思ったのだが、荷風はやはり口の奢《おご》った人だったにちがいない。「断腸亭日乗」を見ても食べ物や料理屋に関する記述が少なくない。永井荷風が来た店として知られる飲食店は、フランス料理の「田原屋」だの洋食の「アリゾナ」だの、二昔くらい前までは結構あちこちにあった。

荷風は美味い不味いを言うだけでなく、文明批評的に「食」を語ることも出来た。「洋食論」（『金阜山人戯文集』）に曰く――

西洋料理は牛と鳥との肉のみにはかぎらず、野菜にても料理の仕様にては却て珍味となるべきを日本の西洋料理まづ大抵は牛と鳥の外材料を仕込まず。客来つて少し変つたものを注文すれば必不手際なり。されどこれも料理屋ばかり攻撃しても片手落に相成るべし。西洋料理を味はんとするお客様に西洋料理知りたる人少きによるなり。洋服の着方を知らずして洋服を好み、杖の持方を知らずして杖を携る紳士多き世の中なれば食ふものゝ味を知らずして之を貪らんとするものゝ多きは敢て怪しむに足らず。日本人の西洋模倣は万事此の如き歟。

これはいかにも荷風らしい辛辣な批評だが、中には肯定的な意見もある。随筆「紅茶の後」所収の「銀座」に曰く――

自分はいつも人力車と牛鍋《ぎうなべ》とを、明治時代が西洋から輸入して作つたものゝ中《うち》で一番成功したものと信じてゐる。敢《あへ》て時間の経過が今日《こんにち》の吾人をして人力車と牛鍋とに反感を抱かしめないのでは決してない。牛鍋の妙味は「鍋」といふ従来の古い形式の中《うち》に「牛肉」と云ふ新しい内容を収めさせた処にある。

けれども、総じてこの作家は食べ物を美味そうに描く人ではなかった。たとえば、小説「妾宅」にこのわたの長い描写がある。主人公珍々先生の食膳の光景だ。

先生は汚らしい桶の蓋を静に取つて、下痢《げり》した人糞のやうな色を呈した海鼠《なまこ》の腸《はらわた》をば、杉箸の先ですくひ上げると長く絲のやうにつながつて、なか〲切れないのを、気長に幾度《いくたび》となくすくつては落し、落してはまたすくひ上げて、丁度好加減《いゝかげん》の長さになるのを待つて、傍《かたはら》の小皿に移し、再び丁寧に蓋をした後、稍《やゝ》暫くの間《あひだ》は口をも付けずに唯《たゞ》恍惚として荒海の磯臭い薫りをのみかいでゐた。

写実的にはちがいないかもしれぬが、「下痢した人糞のやうな」はひどい。これを読んで、ウム、今夜はこのわたで一杯やろう、という気になる人がいるだろうか。

「濹東綺譚」には、その荷風にしては珍しく血の通った（というのも変だが）食べ物が出て来る。

筆者が言うのは、この小説の第九章というのか第九節というのか、銘酒《めいしゅ》屋の女お雪――銀座に飽いた老作家が、玉の井という別天地に見出した仙女とも言うべき女――が「わたくし」と氷白玉を食べる場面である。

玉の井の当時の銘酒屋の構造について、「濹東綺譚」の挿絵を描いた木村荘八が「濹東雑話」という随筆に詳しく記しているが、それによると、たいていの店は真正面に目隠しの壁があり、その左右に小窓が二つ並んでいる。女はこの窓辺に坐って、道行く者に顔を見せながら、「ちょっと、ちょっと」と誘う。客が入るとなると、目隠しの裏に隠れている扉をヒョイと開けて招き入れる。

問題の箇所で、お雪はこの小窓の中の畳の間に坐りながら、チリンチリンと氷屋の鈴の音がするのを聞きつけ、氷白玉を二つ注文するのだ。

……氷屋の男がお待遠うと云つて誂へたものを持つて来た。

「あなた。白玉なら食べるんでせう。今日はわたしがおごるわ。」

「よく覚えてゐるなア。そんな事……。」

「覚えてるわよ。実《じつ》があるでせう。だからもう、そこら中浮気するの、お止しなさい。」

「此処へ来ないと、どこか、他《わき》の家《うち》へ行くと思つてるのか。仕様がない。」

「男は大概さうだもの。」

「白玉が咽喉《のど》へつかへるよ。食べる中だけ仲好くしやうや。」

「知らない。」とお雪はわざと荒々しく匙の音をさせて山盛にした氷を突崩した。


「わたくし」とそんなやりとりをしている間も、小窓の外をひやかしの客が通る。

お雪は氷を一匙口へ入れては外を見ながら、無意識に、「ちよつと、ちよつと、だーんな。」と節をつけて呼んでゐる中、立止つて窓を覗くものがあると、甘えたやうな声をして、「お一人、ぢや上つてよ。まだ口あけなんだから。さア、よう。」と言つて見たり、また人によつては、いかにも殊勝らしく、「えゝ。構ひません。お上りになつてから、お気に召さなかつたら、お帰りになつても構ひませんよ。」と暫くの間話をして、その挙句これも上らずに行つてしまつても、お雪は別につまらないといふ風さへもせず、思出したやうに、解けた氷の中から残つた白玉をすくひ出して、むしやむしや食べたり、煙草をのんだりしてゐる。

いかにも呑気な情景だが、語り手の「わたくし」の胸は切なさで一杯である。夏の間、毎晩のように彼女の家を「散歩の休憩所」としているうちに、お雪は「わたくし」に心を許して、「おかみさんにしてくれない」と言ってくれた。しかし、これ以上深い仲になれば、結局彼女を悲しませることがわかっているから、もう別れなければいけないと思っているのだ。

この場面はいわば作品のクライマックスであって、それゆえに何の変哲もない白玉が妙にキラキラ光るように思われるのかもしれない。

木村荘八はこう記している。

――私は当時（昭和十二年）この小説の挿絵を委嘱《いしょく》された時に、誇張した言葉でいえば、オノレのウンメイは、これで極まったと思いました。短かい本文でしたから全篇をのっけに渡されて（幸福なる哉《かな》、私が第一番目の読者）卒読し、忽《たちま》ち、読み終るや、こんな名篇は明治以来の文学に「ない」と思いました。

（「濹東新景」『新編　東京繁昌記』岩波文庫所収）

筆者もこの賛辞に共感する。じつをいうと、荷風の小説は必ずしも筆者を感動させないのだが、「濹東綺譚」はべつだ。これは老境に入った芸術家に天が与えた奇蹟のような作品だと思う。

この物語が美しい理由の一つは、お雪を見るまなざしが暖かいことだろう。大体、荷風の小説に出て来る男は冷徹で、分析的で、功利的な目でしか女を見ないが、そういう男も歳とって涙もろくなって来た。

もう会うまいと腹を決めた「わたくし」が、秋の袷《あわせ》を買う金をお雪に与えた時、

わたくしは、お雪が意外のよろこびに眼を見張つた其顔を、永く忘れないやうにぢつ

と見詰めながら、紙入の中の紙幣《さつ》を出して茶ぶ台の上に置いた。

ため息の出るような一文ではないか。

＊文中、荷風の作品からの引用はすべて『荷風全集』（岩波書店）による。尚、漢字は新字に改めた。

なんじょう・たけのり（作家・翻訳家・英文学者）「群像」7月号

古代エジプトの天地人

吉村作治

古代エジプト文明と聞いて、皆さんはまず何を思い浮かべるだろう。ピラミッド、ツタンカーメン、クレオパトラ、そしてミイラだろうか。エジプトという言葉は、どこか謎めいていてエキゾチック、摩訶不思議、そんなイメージがふさわしい。ただ多くの方が、古代エジプトについてよくわかっていない。エジプトという国が、アフリカ大陸にあることすら知らない人もいるのである。中近東というか、オリエントというのか、漠然としているらしい。

エジプトは一度は訪れてみたいという国別のリストだといつも上位に位置しているが、実際に行ってみたことがあるという国の順位だと、ずっと下になるのだ。エジプトは、一生に一度は行ってはみたいが、行けない国の代表格といえるだろう。そんなエジプトに今から、なんと70年近く前に行こうと思った私は、我ながら変わっていると思う。小学校4年生の時、図書館で出会った1冊の本が私の運命を決めたのだ。

子供向けの全集ものの偉人伝の中にあった『ツタンカーメン王のひみつ』、それはツタンカーメン王という歴史から抹殺されていた王様の墓を発見したイギリス人考古学者ハワード・カーターという人の物語だった。カーターは、貧しい絵描きの子として生まれ、小学校しか出ていないにもかかわらず、当時のエジプト学者に絵の才能を見出され、独学でエジプト考古学者となる。そしてケンブリッジやオックスフォードの偉い教授たちから馬鹿にされても、ツタンカーメン王の存在を信じて発掘を続け、ついに考古学史上で最大の発見を成し遂げるのである。20歳に満たない死、10年足らずの在位であったはずの少年王の墓には、2千点を超える財宝が埋葬され、王のミイラは黄金のマスクを被り、純金の人型棺など幾重にもなった棺の中に眠っていた。

10歳でエジプト考古学者を目指した私は、早稲田大学の学生となっていたが、1965年、日本にやってきたツタンカーメンの秘宝を見に、上野の国立博物館を皮切りに、京都、福岡へと黄金のマスクを追って旅をした。この「ツタンカーメン展」は未だに日本で開催された展覧会の入場者数第1位の座をキープしているそうだ。警備員の

「はい、はい、進んで」という大声と雑踏の思い出が今も蘇る。

　ツタンカーメン王は当時の王としては小ぶりな墓の中に、何故、あんなに巨大な金張り厨子を設え、黄金製の彫像や調度品をぎっしり詰め込んだのか、それはエジプト人の生きる上での大切な思想がかかわってくるのだ。古代エジプト人にとって、今、生きているこの世は過ぎ去るもので、本番の人生は来世なのだ。死は必ず、誰にも訪れる。そして死ぬ時、現世で悪いことをしていなければ、来世で永遠に生きることができるという死生観があった。ただそこは誰でも永遠の命を授かるわけではなく、ちゃんと関門が用意されているところがすごい。冥界への入り口、オシリス神の法廷で口頭試問を受け、それをクリアしても、さらに人間は嘘をつく動物なので、死者の心臓は、天秤に載せられる。そして真理の女神マアトの羽と釣り合えば、晴れて来世への扉が開かれる。ところが心臓が重くて、天秤が傾くと、死者の心臓は転げ落ち、待機している怪物アメミトにパクッと食べられてしまい、一巻の終わりである。悪人の心臓は重い、という考え方は面白いが、私は今まで、この最後の審判のパピルスの死者の書などを随分見ているが、傾いた天秤の絵は見たことが無いので、皆さん、首尾よく来世にたどり着いているに違いない。

来世には鳥の形をした死者の魂、バーが向かい、精霊カーはこの世にとどまっている。そして魂と精霊の拠り所となるように、死者の身体はミイラにされるのである。ミイラは死者がこの世に再び戻ってこられるようにと、準備される。そしてミイラとなった死者が、来世で不自由なく暮らせるように、生きている間に使っていたものや好きだったもの等、墓に納めたのである。それでお墓は宝の山となるわけである。

残されている貴族たちの墓の壁には、ナイルでの川遊びや宴会など楽しかった思い出の場面が描かれた。今も壁画に鮮やかな色彩の残るお墓が少なくない。古代エジプトでは立派な墓を用意することは大事なことで、若いうちから準備を始め、その日が来るのを待つのである。ファラオたちも即位するとすぐに王墓の造営にとりかかった。時には完成が間に合わず、墓の奥の部屋は絵が未完成だったりする。

それほどまでに来世への執着を形にした古代エジプト人だったが、永遠の棲み処となるはずの墓は、埋葬後まもなく墓泥棒の餌食となり、財宝は持ち去られてしまった。その中で唯一、奇跡といっていいのが、ツタンカーメン王墓であり、目を見張るような副葬品が3000年の間、守られてきたのである。ハワード・カーターによって永い眠りを妨げられて、ツタンカーメン王もお気の毒でならない。永遠の命を来世に夢見て、この世の生き方を律し、辛さを乗り越えていた古代エジプト人。私はこの論理的で素晴らしい思想を考え出した古代エジプト人に深く敬意を表したい。

よしむら・さくじ（考古学者・東日本国際大学学長）「うえの」11月号

女たちが共有する宝もの

林　真理子

田辺聖子先生の訃報を知らせてくれた女性編集者は、電話の向こうで泣きじゃくっていた。そして、

「林さんと、あんなに楽しい日があったのに……」

と続けた。

特に田辺先生のお気に入りであった彼女とは、何度かご自宅にうかがい、泊めていただいたこともある。たくさんのスヌーピーやドールハウスに囲まれていたあの部屋。バラを植えた中庭。美しい屋敷にふさわしく、先生は愛らしい女主人であった。今でもよく憶《おぼ》えていることがある。応接間のマッチの小箱は、先生が自分で千代紙を貼りつけたものだ。ご自分でつくられたスヌーピーの洋服もあった。

夜になると、早めに仕事を終え、毎晩のようにご主人とカラオケに行かれる。私もご一緒させていただいた。七人も入ればいっぱいのカウンターだけの店。そこには漫才の今くるよさんそっくりのママがいて二人を迎えた。

ご夫婦がひとしきり「昭和枯れすすき」などを熱唱した後はタクシーを呼ぶ。どうしてこんなことをはっきりと憶えているかというと、そのママが運転手さんに、「いつもおおきに」とチップ替わりの煙草《たばこ》を渡していたのを見たからだ。後に先生にそのことをいうと、

「あんな場末の小さな店で、あのママは毎晩ちゃんといい着物着てカウンターに立つ。その心意気がええの。それが嬉《うれ》しいやないの」

と優しい声でおっしゃった。

田辺先生というのは、そうした人の気配りやささやかな志というものをとても大切にされた方だったと思う。

大阪にも神戸にも先生のファンクラブがあって、パーティーやお誕生日会にはわっと押しかけた。先生のエッセイにもよく登場する働く女たちだ。デザイナー、女性経営者といった人たちで、ファンというよりも仲のいい女友だちといった方がいい。

おいしいものとお酒、宝塚、そして友情を楽しむ先生は、人生の醍醐味《だいごみ》を知り尽くしていた。そういう甘やかでいて滋味溢《あふ》れるエッセイを、私たち読者はどれほど愛したことだろう。

もちろん先生の文学における功績はエッセイだけではない。それまでの日本の文学界は純文学重視、深刻で重厚なものが上とされた。しかし芥川賞出身の先生は、そうした垣根を軽々と越えたのである。それまで「女子ども」が読むものとされた恋愛小説を、文学にまで高めた。ユーモアによってくすりと笑わせながら、人生の真実を語るやり方は、先生でなければ出来なかったろう。古典の深い教養と知識によって書かれた源氏物語の新訳、男たちによって歪《ゆが》められた女性文学者を描いた評伝。そして自分の家族を中心に据えた昭和史と、先生の業績は大きく豊かである。文化勲章を受けられた。が、多くの読者は「おせいさん」「せい子先生」と呼び、親しみを持って愛し続けた。田辺聖子という作家は、多くの女たちが共有する宝ものであった。「まあ、ぼちぼちやねー」「そんなものと違《ちが》う?」というあの甘い声を思い出す。人々がネットで罵《ののし》り合うさまも、今のありようを先生ならどう見るだろう。

「そんなに赤目吊《つ》らんかて」

先生の声が甦《よみが》える。

はやし・まりこ（作家）「毎日新聞」六月十七日・夕刊

三宅島でトマトを育てる。

ドリアン助川

詩は言葉を列ね、紙に書いたり、声に出して詠んだりするものだけれど、ときには自分の人生の一部がそれと感じるなにか、詩を生きたとしか言いようがない時間に変わってしまうことがある。

私の場合、それはトマトと過ごした歳月だった。実際に栽培してみると、発芽から収穫まで細かな驚きや歓びに出くわさない日はなかった。あるいは初摘みの果実を炙り、アチチと噛みつき、冷えた白ワインとの渾然一体を楽しむときなどはどうか。言葉以前の表現衝動が体内を走り回り、出口を見つけようと明滅しだす。そうなればトマトこそが詩の種であり、我が肉体は詩そのものとなる。

といっても、色づいたトマトの果実からタゴールやギンズバーグやねじめ正一が直接滴り落ちるわけではない。まず、トマトを育てるという行為は、生き物であるトマトから も見つめられる座標軸の逆転体験だ。この揺れ動く、それでいてどちらかに行き切るこ とのない二つの視野を並列で受け入れたとき、新たな地平が覗く。理路整然とはしてい ないけれど、既視感のないみずみずしい世界。

しかし、それならば君、ゴーヤは詩ではないのかね？　キャベツだって小松菜だって バカにしたもんじゃないよ。そんな声もあがりそうだ。これに対してはごく単純な答え しか持ち合わせていない。私はトマトしか育てたことがないのだ。トマトだけに夢中に なってきた。もし他の農作物を愛でた経験があれば、ゴーヤは人生相談そのものである とか、小松菜は大地の囲み記事であるとか、そうした適当なことを言っていたかもしれ ない。

すると、トマトは詩の種であるという私のこれまでの主張もなんだか眉唾な感じがし てくる。それはそれで仕方がない。自分で言うのもなんだが、私は根がちゃらんぽらんで、 まっすぐなところがどこにもない人間だ。言っていることの大半はいい加減である。

でも、詩の定義だってかなり怪しくはないだろうか。どれだけ知的な言葉を駆使した ところで、学問が求めるような定義を送りだした瞬間、詩は一瞬にして姿を失い、どこかの居酒屋で突っ伏している青年の頭のなかに隠れてしまったりする。詩はつまり、見えている部分も、見えていない創造性のなかに於いても、謎のかたまりなのだ。

謎は人を惹き付ける。永遠の商売のきっかけともなる。だからボルヘスの古い講義を持ち出してきて、『詩という仕事について』（岩波文庫）などというタイトルで一冊仕上げると、普段から詩の迷路のなかで行き倒れたり悶絶している人々が群がり、奪い合って買い求め、ホメロスの「ワイン色の海」という比喩を説明するボルヘスの言葉に赤線を引いたりして、いっそう詩がわからなくなり、そして岩波書店はちょっとだけ儲かるのである。

ただし、詩にはいくつかの条件がある。評論はともかく、詩そのものはお金儲けとは関係のない場所で始まらなければならない。古いことを言うようだが、結果的にお金になることはあったとしても、詩人その人はそれが目的になってはいけない。なぜなら詩的であろうとする目的は、まさにポエジーそのものとの出会いのみにあるからだ。

続いて、詩は自分一人ではなく、だれかが読む（聞く）という関係性をもって成り立たなければならない。生む者と受ける者、双方の想像力が深い川に橋を渡し、そこで初めて詩が歩きだすのだ。ディキンソンや賢治のように時間差が生じてしまう例もあるが、詩人なしに読者は生まれず、読者なしでも詩人は生まれない。

もうひとつ。お金にはならずとも、書き連ねた詩こそがその人の生きた証である。比喩のおもしろさを自発的に求めたとしても、しつこく韻を踏んだとしても、それはおべんちゃらではない。内側の「ほんとうの息吹」が積み重ならなければ詩にはならない。提灯記事や忖度は詩の世界ではあり得ない。

これらの詩にまつわる条件は、私が取り組んできた三宅島でのイタリアントマトの栽培の心にほぼ寄り添う。私は大貧乏なくせに復興途中の三宅島に家まで買い、農園のトマト栽培の後押しをしてきた。お金は出ていくばかりで、一度も「こんにちは」と玄関の扉を叩いてくれたことがなかった。だが、多くのみなさんが私たちの調理用トマト「三宅サンマルツァーノ」のファンになって下さった。今年も全国のお客様から、こんなふうに料理して食べましたよと、ソテーや煮込みなど様々なトマト料理の写真が送られてきた。

トマトに導かれたこの旅路は、まさに自分にとっての「ほんとうの息吹」の積み重ねだった。三宅島でイタリアントマトを育てるなんて、最初はだれも賛成してくれなかった。いや、信じてもくれなかった。

思いついたのはニューヨークだ。二〇〇〇年からの三年間、私はあの摩天楼の街で暮らし、歌ったり、本を書いたり、夢を見たりして過ごしていた。そこで偶然、トマトと出会ったのだった。

きっかけは自殺率だった。バブル崩壊後の沈滞状況のなかで、日本の自殺者は増える一方だった。遠い国にいたからこそ、母国のその情報が気になった。では、自殺をしない国はどこなのだろうと調べると、なんとその当時までは五十年連続でお隣のメキシコが自殺率のもっとも低い国だったのだ（他殺率は高そうだが）。

あろうことか私は当時、ブルックリンのメキシコ人街に住んでいた。それならば実験だと、彼らと同じ生活をしてみた。同じものを食べ、同じように昼からビールを呑み、すこし寝て、夕方から街角で涼んだり騒いだりしたのだ。するとたしかに、別に自殺なんてしなくてもいつか死ぬんだからこれでええやんか、と思えるようになった。加えてある事実に気付いた。なんと多くのトマトとインゲン豆とペッパーが胃のなかに入っていったことか。詳しくは拙著『メキシコ人はなぜハゲないし、死なないのか』（晶文社・文春文庫）を読んで欲しいのだが、この体験的取材を通じて、私はトマト料理の虜になってしまった。なかでも近所のメキシカンレストランで一番人気だった「トマトのテリヤキ」にすっかり入れあげた。口に入れる度に甘酸っぱい稲妻が体を走り抜けていった。

この店の調理用トマトはメキシコ産ではなく、最高峰とされるイタリア産のサンマルツァーノだった。生食には向いていない楕円形のトマトだ。いったいこれはどういう植物なのか。ネットで調べるとこう書かれていた。

「ベスビオスやエトナ山などの麓、火山灰でできた土地が名産地である」

閃いた。二〇〇〇年の大噴火で全島避難となった三宅島。島民の帰還が始まったときにサンマルツァーノの種があれば、復興事業のひとつとして美味なるトマトの栽培を打ち上げられるのではないか。

とはいえ、始めはそう思っただけだった。そして、思うだけに留めようと思った。実行に移すにはあまりにしんどそうだったからだ。だが、帰国後、状況は変わっていった。酒場で周囲に話す度にバカにされた。どうやって内地まで輸送するの？　経費を考えただけで無理だってわからない？　高校の後輩からもそう諭された。私はアへへと笑いながらも、「いっちょやったろうやないか」と思い始めた。しかしさすがに三宅島は遠い。まずは自宅のバルコニーにプランターをいくつも並べてトマトの実験栽培を始めた。何年もこれを続けた。普通のトマトなら種から果実まで問題なく育てられるようになった。するとやはり夢が降りてきた。

イメージはこうだ。

三宅島の溶岩大地に広がるイタリアントマトの畑。一面の緑の葉、無数に煌めく真っ赤な果実。その向こうは青い海だ。収穫祭と称し、私と島民（主に女性）は白ワインのボトルから透明な祝福をグラスに注ぐ。

これは人を生かす詩なのだ。希望の歌なのだ。でもやはり、踏み出せずにいた。だって本当にそれをやるためには、三宅島に移り住まなければいけませんから。

ところが、とうとうその時期が来てしまった。ハンセン病問題を描いた拙著『あん』（ポプラ文庫）が映画化され、三宅島でも上映となった日、主演の樹木希林さんと島の公民館でトークショーをやることになった。希林さんには以前内緒で、夢のトマト計画を語っていた。あくまでも秘密の話としてだ。しかし集まった島民を前に希林さんは始めてしまったのだった。「ドリアンさん、何か話したいことがあるんでしょう？」と。

やむをえず内なる夢を語った私を、島民は熱烈な拍手で迎えてくれた。「頑張りなさいよ」と希林さんからも激励の声がかかった。こうなるともう引き下がれないではないか。

その後の奮闘は自分の小説で書く予定なので今は語れないのだが、拍手の割に島民は私を信用してくれなかった。政治的意図があるのでは、とも言われた。仕方がない。腹を決めて土地や家を買った。すると、ようやくすこしだけ信用してもらえるようになった。そしてとうとう一緒にやりましょうという農園の主人が現れ、東京都の農業試験場まで巻き込んで栽培は大成功。「三宅サンマルツァーノ」と命名された本当においしいトマトが誕生したのだ。ネット販売だが、出荷も順調だ。

来年からは同じトマトを手がける農園が増える。復興のお手伝いという意味では、私の役目は終わったようだ。だから、土地や家は手放して、静かに三宅島を去ろうと思う。イメージした収穫祭はできなかったが、主役は農園の人々だ。詩である以上、引き際が肝心ではないか。残ったのは、希林さんには食べさせてあげられなかったという未練だけだ。この哀しみがまた詩的である。

どりあん・すけがわ（詩人・作家）　「図書」11月号

胃袋が察知した異変

星野博美

長い夏が終わり、気温が下がって過ごしやすくなったせいか、食欲が止まらない。うどんを茹《ゆ》でて食べる。物足らず、お餅を1個追加してしまう。袋入りの即席ラーメンも、以前はどんぶり1杯でお腹《なか》がくちくなったものだが、今では満腹にならない。食パンも2枚では足りない。バターの減りも、なんだか異様に早い。

発泡スチロール容器に入った納豆は、前は1箱を2回に分けて食べていたのに、今では1回でペロリと完食だ。

ラグビーW杯やプロ野球の日本シリーズをテレビで観戦しながら、手元のポテトチップがあっという間にカラになってしまう。

いくら秋だからといえ、こんなに食べていいのか、と自問する。しかし奇妙なことに体重は特段増えておらず、昨年の同じ時期よりむしろ減っている。不思議なことだ、と漠然と思っていた。

昨日の昼のことである。昼下がりに帰宅したら、両親が温かいうどんを食べているところだった。新聞をめくりながらふと視線をやると、うどんの麺ではない白い物体を、ふーふー言いながら口に運んでいる。よく伸びたお餅だ。うどんにお餅を入れた、いわゆる「力うどん」である。

80代半ばの両親が、2人揃《そろ》って力うどんを食すとは、高齢家庭にとっては良いニュースだ。お年寄りは、食欲がなくなると途端に体力が落ちてしまう。どんどん食べてほしい。「うちは元気で助かるわ」と思った瞬間、一つの疑問が浮かんだ。

両親も大食漢になったのか？　私のように？

「食欲があって、いいね」とつぶやくと、「だって全然足りないもの」と母が箸を休めて答えた。

「袋入りのうどんも乾麺も、量が減っているの。だからお餅で増やしているのよ」

衝撃を受けた。胃袋が大きくなったのかと思いきや、食品のほうが縮んでいたのか。

「もしかして、納豆やパンやバターも？」
「おおむね減っているよ。今頃気づいたの？」

さすがはスーパーの店頭で、日々シビアな消費行動をしている母である。その認識が遅れたことは恥ずかしいが、一方では、胃袋とは案外正直なものだと、妙な感心を覚えた。私の場合は、店頭ではなく体が異変を感じたのだった。

パッケージはそのままで容量を減らして価格を抑えることを、「シュリンクフレーション」と言うらしい。「収縮」である。増税や原材料の値上がり、製造や流通コストの増加などになんとか対抗する、企業努力でもあろう。

では自分も食費を抑えるために、なんらかの対抗策を講じなければなるまい。食べ盛りの年齢でもあるまいし、胃を縮小させるか……？

無理！　私は真空パックからお餅を取り出し、オーブントースターに放りこんだ。

ほしの・ひろみ（作家）　「讀賣新聞」十一月十九日・夕刊

人はなぜ働くのだろうか？

長瀬　海

人はなぜ働くのかという問いが、ずいぶん前から、頭にこびりついて離れない。靴の底にくっついたガムのように、それは、私をイライラさせる。

いまでこそ、ライター／書評家という肩書きで活動し、日々の生計を立てているが、大学卒業後は一般の企業に入り、会社員として生活していた。担当していた業務はB to Cの営業。訪問販売というやつだ。地図を渡されて、そのエリア一帯の戸建て住宅のチャイムを鳴らして、契約をとってくる。

地獄のような日々だった。このご時世、いきなり飛び込んでいって初対面の人間の話を熱心に聞いてくれる人なんてほとんどいない。ぴんぽーん。「なんでしょうか」「現在の環境に満足しているかどうかのアンケートを……」ガチャ！　こんなことを毎日続けていたわけだ。けれども会社は容赦しない。「今日、契約取れなかったら死んできていいからさぁ！」ゴリラのような上司の口癖だった。

千葉の海側の営業所に勤務していた私は、まぁまぁできる営業マンだった（と思う）。それでもスランプというものは訪れるもので、三日も契約がとれない日々が続くと、ゴリラ上司は、私に「そろそろ海に車ごと飛び込んでこよっか？」と睨みをきかせながら詰め寄る。

ブラック企業だったのだろう（しかし、私はブラックという言葉はマジックワードだと思っている。なんでもかんでもブラックと冠したところで、思考停止に陥る危険な言葉だ）。スランプ絶頂期は鬱状態に追い込まれた。仕事帰りに、当時の彼女に電話しながら「俺、死ぬわ」と言って、道路の真ん中に寝っ転がったのを覚えている（彼女がかけつけてくれて事なきを得たが）。

さて、そんなわけで、私の頭には靴底のガムのように「人はなぜ働くのか」という問いがこびりついて離れないのである。少し、哲学的に考察してみよう。この問題に正面から向かい合った一冊に小浜逸郎の『人はなぜ働かなくてはならないのか　新しい生の哲学のために』というのがある。刊行当時はベストセラーにもなったようで、名著とされている。シンプルに言えば、ここで小浜はヘーゲルを取り出して、人は社会的な人間になるために、相互承認を得ようとする生き物なのだ、と考えている。つまり、【労働↓他者との相互関係が作り出す共同体への参入↓相互承認の達成】というロジックを導き出すのだ。

うーん。なんだか、しっくりこない。そもそも、私は、他者が作り出す共同体なんて興味ないし、ゴリラ上司に承認されたくもない。その上、このロジックを突き進めて行くと、社会的成長こそがゴールとなり、それこそ、最近やたらと売れている自己啓発本のような主張になりかねない。それはとても息苦しい。

では、こう考えたらどうか？　少し前に流行った現代思想の考え方を借りれば、ハイデッガーは退屈を三つの形式に分けている（と読める）。一つ目の退屈とは、何かによって退屈することだ。例えば、電車がこないことによって、人は時計を見ながら、退屈する。そこで人は「気晴らし」をするのだ。二つ目の退屈は、何かに際して退屈することである。例えば、気乗りのしないパーティーに行った時。喋る相手もいないなかで、その空間にぽつんとグラスを片手に佇んだり、靴ひもをやたら気にしながら、退屈をする。ここでは「気晴らし」はできない。なぜならその空間にいること自体が退屈だからである。そして、三つ目の退屈は、「なんとなく退屈だ」という状態での退屈のことだ。これは一つ目、二つ目よりも、深い。例えば、あれだけ楽しみにしていた夏休みも三週目に入れば、「あぁ退屈だ」と思うだろう。その時、人は全面的に空虚放置され「何もないだだっ広い空間にぽつんと一人取り残されている」感覚におちいり、外から与えられる可能性の一切が否定された状態になる（この辺りは國分功一郎『暇と退屈の倫理学』を参照）。

ここに「人はなぜ働くのか」を考える鍵がある。先に述べたような、社会的な承認と結びつく労働倫理というのは、確かにかつては存在しただろうし、いまもある程度の人間はそのような労働倫理のなかで働いているかもしれない。でも、そうじゃない人もいる。成長を、承認を、求めすぎることが息苦しくなっている現在で、この思考様式を働くことの根底に置くことはいささか危険だ。

では、ハイデッガーの考えを敷衍させて、実存的な方面、退屈を逃れるため、と考えるのはどうだろうか。人は右で示した三つ目の退屈から逃れるために、奔走する。彼女・彼らは日常生活において何もしていなければ恒常的に〈退屈の第三形式〉に襲われるものであり、そこから逃れるために、例えば子供だったら放課後のサッカーやゲーム、大人だったら仕事をするのだ。日常生活において人は「なんとなく退屈だ」という声を聞くことを強いられているとするなら、それは全面的な空虚に放置されることであり、そこから逃れるために人は仕事に従事するのである。この考えこそ、現在の社会で有効性を持っていると私は考える。

じゃないと、誰もが承認や成長を求めて働くという、ディストピアな時代がやってきてしまう。いや、実際にやってきているだろう。過労死、職場鬱。それはいまや大きな社会問題となっている。

そうではない、もっと、軽々しく働く、あるいは、働くのを辞める、そんな社会こそがいま求められているのではないか。退屈と労働倫理のセットはそこから抜け出せる、一手だ。なぜなら、この考えは人を絶えず上昇させるこれまでの労働倫理を打ち消して、横滑りさせることが可能だからだ。つまり、その気になれば、辞めることだってできる、ということだ。人は退屈から逃れるためだけに働いているのだ。だったら、いまの仕事が嫌なら辞めりゃあいい。そして新しい、何かを、退屈から逃れられる何かを見つければいい。呑気な考えだろうか。私はそうは思わない。こうした、人を追い詰めるわけではない、実存に沿った考え方こそが、いまの労働社会に必要だ。

逃げるための、労働倫理を。下降できる、労働倫理を。「いやだ!」と言える、労働倫理を。いま求められているのは、そういった類の思考様式なのではないだろうか。そんなことを怠け者である私なんかは思っているのである。

ながせ・かい（ライター・書評家）「新潮」4月号

堀文子先生と大木

檀　ふみ

堀文子先生は、アトリエの前の大きな紅梅がお気に入りだった。枝を八方にのびのびと伸ばしている、野趣あふれる梅の木。「紅《あか》い色がね、ヨソにはない、とてもいい色なんです」。同じ花色の木がもう一本欲しくて、探しているのだがなかなか見つからないとも、おっしゃっていた。

亡くなられたと聞いたとき、まっさきに思ったのは、その花のことである。三年前、倒れられる直前に、堀先生は、小さな紅梅の絵を描き上げている。結局、あの絵が遺作となってしまったのか。

もしかして…と、アトリエに行ってみると、今しもくだんの紅梅が満開だった。紅梅を絶筆に、百歳で紅梅に送られて逝く。なんと見事な人生だろう！

棺には、紅梅と、その昔、お母さまがお嫁入りのときに実家から抱えていらしたというものと同じツバキの花、そして堀先生が命を救ったホルトノキの枝が納められた。

バブル期に、伐採が運命づけられていたこの大木を守るため、広大な隣地を買って、莫大な借金を抱えることになった。

「わたくしは、自分のパトロンになりたかったの」

と、あるときつぶやかれたことがある。自分で自分のパトロンとなって、売るためではなく、描きたい絵だけを描いて暮らしたい。しかし、借金があっては、イヤでも外向きに描き続けなければならない。

私が、「師」と仰ぐこの方に出会えたのも、そのおかげである。もっとも、「師につかず、弟子ももたない」主義の堀文子にとっては、私は「自称」で「不肖」の押しかけ弟子に過ぎないが。

「死んだら大木になりたい」。そう、堀先生はよくおっしゃっていた。「ホルトノキですか？」と伺うと、首を横に振られる。

「アレは、名前がイヤなんです。国籍不明ですから」

では、何の木かは、とうとう教えていただけなかった。不肖の弟子は、これから師の住まう大木を探して生きてゆかねばならない。

だん・ふみ（女優）「京都新聞」三月六日

AIは死なない

藤原正彦

将棋が得意だった私は、大学一年生の秋に学内将棋大会で準優勝した。自信を持った私は腕試しに千駄ヶ谷の将棋会館を訪れた。係に二段と告げたら小学校四年生くらいの男の子との対局を指示された。「ムッ」とした。坊ちゃん刈りは慣れた手つきで箱から駒を五枚取り出すと、「それでは振らせていただきます」と言った。先手を決めるということで対等の勝負ということだ。ますます「ムッ」とした。駒を並べた後、坊ちゃん刈りが深々と頭を下げた。とことん「ムッ」とした。一気に潰そうとしたら反撃され木端微塵にやられた。プロの卵だった。

子供にひねられる程度の才能、と大好きだった将棋に見切りをつけた。好きな碁とマージャンも断ち数学への邁進を決意した。ついでに女も断った。最後のものについては頓珍漢な女房が「モテなかっただけでしょ」と言う。

頭脳ゲームから離れていた一九九五年、ケンブリッジ大学での同僚からメールが届いた。「正彦の教えていたクイーンズ・コレッジにデミス・ハサビスという十九歳の学生がいる。十三歳でチェスのマスターとなった神童で、十七歳の時にはテーマパークというゲームソフトを開発し億万長者となった。現在数学と碁における私の弟子だが、近々東京に行くから会ってくれないか」。

Tシャツにジーンズの小柄なハサビスは、いたずらっ子のような風貌でお茶大の研究室に現れた。「ゲームソフトで才能を発揮したのになぜ大学で数学やコンピュータ科学を」「学問を深めて大きな仕事をしたい」「大きな仕事」「実は世界最強プロを負かす囲碁ソフトを作りたい」。

将棋ソフトなら、研究の進まない時のウサ晴らしに、世界最強というふれこみのものを時折コテンパンにやっつけていたから、弱さを知っていた。将棋でもそのレベルだから桁違いに複雑な囲碁では絶望的、と思ったが教師の役割は学生を励ますことだ。「きわめて難しい。でも野心的で面白い。将棋の谷川名人は、ほとんどの局面で一手しか頭に浮かばない、と言った。別の対談では米長名人がこうまで言ったよ、百手のうち九十五手

は五秒以内に浮かんだ一手で、二手浮かぶ者は名人になれない、とね。五秒以内という
ことは論理的思考のはずがないから感覚的なものに違いない」。ハサビスは目を輝かせて
聞いていた。私は「脳の機能を研究してみては。数学では類推が最重要のことを考えると、
類推の仕組みの研究とかね」と、いい加減なことを付け加えた。
ハサビスはケンブリッジを最優等で卒業し、数年間ＡＩ企業で働いてから、脳を学び
にロンドン大学の大学院に入学した。画期的論文を書いた後、数年間の学究生活にピリ
オドを打ちＡＩ関連の会社を作った。そして二〇一六年、彼が深層学習（ＡＩに人間の
脳のように自己学習や類推をさせること）の手法により作ったアルファ碁というソフト
は、世界最強プロを破った。
チェス、将棋、囲碁のすべてでＡＩが人類を超えたことや深層学習の威力などを見て、
野村総研やグーグルやオックスフォード大の研究者などは、今後十年から二十年で現在
の仕事の大半がＡＩにとって代わられる、とセンセーショナルな報告を出した。
人間とＡＩの最大の違いは肉体か機械かだ。人体は三十七兆という膨大な数の細胞か
らなり、それらは複雑な機序で統制され、死んだり生まれたり（代謝）をくり返しなが
ら生命が維持されている。そして無数のバリエーションをもつ体験を重ね、惻隠、孤独、

懐かしさ、別れの悲しみ、寂寥、憂愁、もののあわれなど深い情緒を有するに至る。

大事なことはこれら情緒がすべて、人間が有限な時間の後に朽ち果てる、という絶対的宿命に起因していることだ。人間に死がないのなら、失恋も失意も別れの悲しみもほぼなくなる。女に一万回ふられれば一万一回目のアタックをすればよいし、東大に一万回落ちたらもう一度受ければよい。美意識だって深い所で死に結びついている。死がなければすべての深い情緒は希薄になるか消滅する。

死のないＡＩは文学や芸術を創作できない。俳句や短歌なら一時間にそれらしきものを一万個も作ることができようが、その中から人の胸を打つものを選び出すのは至難だ。詩人のポール・ヴァレリーはかつて「詩作に不可欠なのはいくつものアイデアを出すこと、そしてその中から最高のものを選び出すことだ。どちらがより大切かと言うと後者だ」と言った。ＡＩはその能力に欠ける。

数学や自然科学においては美意識が最も大切だから、ＡＩに計算や分析や証明はできたとしても発見はできまい。三角形の内角の和が一八〇度という小学生の知る性質すら永遠に発見できまい。人間は死により、ＡＩに対して絶対的優位に立っているのだ。

高度な創造ばかりか、ウェイトレスのような単純労働にも不向きだ。彼女達は店内の細々としたことすべてに臨機応変の対処をし、客のイチャモンをいなし、子供に椅子やおもちゃを持って来たり、おじさんジョークにも愛想笑いをする。時には沖縄で通いつめた食堂のルナちゃんのように、私の異常な魅力に気づき惚れたりもする。たとえウェイトレスの真似事をこなすAIロボットができても、誰がそんな店に行くだろうか。

AIが恐るべき能力を発揮する分野は多いが、人間を凌駕する分野は限られている。若山牧水の「白鳥《しらとり》は哀しからずや　空の青　海のあをにも染まずただよふ」に涙さえ流せないからである。

ふじわら・まさひこ（作家・数学者）　「文藝春秋」6月号

転校生の時間

東　直子

私がものごころついたときに住んでいた団地は、父が勤めていた銀行の社宅だった。同じ建物の中に、その銀行の家族ばかりが住んでいたのである。銀行員というのはなぜか転勤が多く、ほとんどの人が二、三年でいろいろな地域に転居していく。世界中の人がそうなのだと思い込んでいた。だから自分も、新しい土地に来ても、また数年したら引っ越しをしてどこかに行くものだと。

家の中でなにか物が行方不明になっても、「まあいいや、次の引っ越しのときには見つかるだろう」なんて思っていた。

そういうわけで、土地とその家に対する愛着や執着はほとんどなく、何度も振り返って別れを惜しむ、ということはなかった。学校や近所の友達とも、泣いて抱き合い、行きたくないよう、と叫んだことは一度もなかった。じゃあね、またね、手紙書くね、などと社交辞令的なことだけ言って淡々と別れたのだが、その後手紙のやりとりが続いたためしがない。

今、去っていく場所よりも、これから行く場所の方が気になっていた。場所、というか、そこで自分がどのような存在になるのか、ということをひとしきり夢想していたのである。新しい転校先は、これまでの自分のことを全く知らない。だから、全く新しい自分になることだってできるのだ。これまでの、やや暗くて存在感の薄い私ではなく、明るくて楽しい、みんなの人気者にだってなれるかもしれない――。なぜか、友達ができなかったり、いじめられたり、といったネガティブなことは考えず、やたらと前向きな方向でしか考えていなかった。

転校生を迎え入れる方は、転校生に期待するらしい。おそらく、転校先の自分に自分が期待したように、転校生を迎えるクラスメートは、基本的にすてきな人がやってくるという期待を抱いている。

期待でむんむんしている教室に、私が先生に続いて入る。黒板の前に立ち、顔を上げる。緊張してうわずった声でなにか言う。ざわざわする。

(なんだ……)

あからさまながっかりの気配を感じる。もうこの時点で、私の「新しい私」への希望の大半が消え失せている。それでも最初は、転校生である私に興味を持って、親切に話しかけてくれる数人はいる。しかしほどなく「なんだ」の落胆が確信に変わり、クラスメートの関心は去り、結局いつも通り、やや暗くて存在感の薄い子として新しい学校に定着していくのだった。

場所が変わったからといって、私は私、別人になれるわけがないのだ。

そして数年後の転校では、今度こそ、と思いながら移動する、ということを繰り返した。

そういうわけで、「転校って、嫌なものでしょう」、と誘導されることがあるのだが、転校することが決まってから実際に転校先に入るまでの気分は、わりと前向きで楽しいものだ。旅に出ることが決まって、旅先でのことを思う気分に近いだろうか。

私は、小学校で二回、中学校で一回転校した。最も印象的な転校は、小学校四年生のときに、福岡市内の学校から、同じ福岡県の、糸島《いとしま》郡(現在は糸島市)の学校に転校したときである。父が突然糸島の田園地帯に一軒家を建て、都市部の団地(社宅)から引っ越したのだ。

学校へ行く道に、トラックで轢かれた蛙がしきつめられていたり、虫のおけらで対戦して遊んだり、給食のおばちゃんが鶏の羽をむしっていたり、カルチャーショックの連続だった。それがなんだかおもしろいと思えてきたころに、父の広島勤務が決まり、たった一年でまた去ることになってしまったのだ。

印象が強い上に短期間だったので、記憶が日常に溶け込むことなく、深く刻まれたのだと思う。忘れることのできない一年になった。その日々をもとに、『いとの森の家』(ポプラ社)という小説を書いた。

その田舎の小学校では、転校生自体がめずらしいのだが、家まで建てたのにたった一年で一家が風のようにいなくなったことは、さらにめずらしかったようだ。糸島を舞台にした小説の書き手が、あのときの転校生だと気づいてくれた人がいて、クラスメートやご近所さんに再会することができた。

転校生としての理想像にはなれなかったが、転校がもたらす人生への影響は案外長い。久しぶりに再会しても、あ、あの転校生の、と言われることも多い。

転校生の時間は、今もずっと続いているのだ。

ひがし・なおこ（歌人・作家）「飛ぶ教室」56号

堺屋太一さんを悼む

三田誠広

突然のことで驚いている。昨年の秋に何かの会でご挨拶《あいさつ》したのが最後になった。お元気そうだったし、新たな大阪万博の開催も決まっていて、これからもお仕事がたくさんあるのだろうと思っていた。ぼくは十年ほど前に『堺屋太一の青春と70年万博』(出版文化社)という本を書かせていただいた。そのおりに長時間インタビューさせていただいた。ぼくも大阪の出身で、小学校(追手門学院/当時は大阪偕行社学院)の先輩だということは知っていたのだが、インタビューの過程で、幼稚園(城星学園)の先輩であることもわかり、お住まいもごく近所だったことが判明した。

堺屋さんといえば一介の役人でありながら、大阪万博を企画し、奔走し、実現にまで到《いた》った伝説上の人物だ。それ以前にも、地下水の汲《く》み上げ制限を実現して大阪の地盤沈下をくいとめたのだが、経済的な地盤沈下を憂慮して万博誘致に奔走されたと伺っている。しかし一介の役人にしては目立ちすぎる言動があったようで、万博開幕時には人事異動で、資源エネルギー関連の部署に配属されていたのだが、そこで日本経済の石油への依存度が高いことに気づき、何らかの理由で石油の供給がストップしたら大パニックになると懸念された。それを役所から提言するとパニックをあおることになるので、ペンネームで『油断！』という小説にして執筆されたところ、実際に中東戦争が起こってオイルショックとなり、本がベストセラーになった。

万博の準備をされていたころ、修学旅行の宿舎手配のために当時の高校生の人数を調べたところ、そこに巨大なカタマリがあることを知って驚かれた。このカタマリが将来、問題を起こすのではないかという新たな懸念を抱かれ、『油断！』の次の作品として『団塊の世代』を発表された。これもベストセラーとなり、この言葉が用語としても定着した。ぼく自身、その世代に属しているのでこのユニークな命名に興味をもっていたのだが、執筆時の堺屋さんが資源関連の部署だったため、たとえば海底資源の「マンガン団塊」などという言葉と親しんでおられた。人間のカタマリも同じように表現されたと伺って、確かに団塊の世代が働き盛りだったころには巨大な労働資源であり、リタイアすると巨大な廃棄物になってしまうのだと、妙に納得した覚えがある。
　堺屋さんはつねに前向きなアイデアマンで、そのアイデアを実現するだけの気さくな人柄と押しの強さがあり、一つの時代を築かれたのだと思う。作家としてはいつまでも素人だと謙虚に話されていた姿が印象に残っている。これほど行動力のある作家も稀有《けう》だし、未来を見据えて歴史を変えていった人だ。新たな大阪万博がすぐ先にあるこの時期に亡くなられたことは残念でならない。

みた・まさひろ（作家）　「朝日新聞」二月十三日

丑の刻まいり

平岩弓枝

私の生れ育った東京渋谷区の代々木八幡宮は、山手通りに面した石段を四十段ほど登った高台にあって、およそ四千坪の境内《けいだい》には樹木が生い茂り、此処《ここ》が東京かと疑いたくなるような風情であった。

神社の創建は今から八百十年程前の鎌倉初期だが、境内の中程にある古代住居跡遺蹟は今から約五千年前の縄文中期のもので、出土する土器の中には一万年位前のものもあるそうなので、太古の時代から人が住んでいたことが分かる。

北側に立つ本殿から延びる参道の東には樹齢三百年程の松や銀杏《いちょう》の木があって、この木の上から東京湾が見えたと聞いたことがある。

このような直径一メートル以上の木が、私の子供の頃は十本以上あったが、今では半分くらいが姿を消した。原因は昔はまわりに高いビルが皆無でよく雷がおちたせいと、戦後は山手通りの交通量が増えて大気汚染が一時期ひどくなったせいだろう。

私が〈丑《うし》の刻まいり〉という古い呪いをする人の姿を見たのは、この巨木たちがすべて健在だった頃のことだ。多分小学校三年生くらいだったと思う。或る夜熟睡していた私は近くのただならぬ気配で目を覚ました。横の布団に寝ていた父の傍でその夜当直だった職員が何か小声で報告しているようだが、その声はかなり緊張していた。

父は寝巻のまま職員と共に外へ飛び出して行った。母の制止を振り切って私も父の後を追った。こういう時の私は好奇心の固りで、どうしても自分を抑えきれなかった。

父が向かった先は、本殿のすぐ傍にある三つのお末社の前に立つ古い椎の木で、私はその前近くの玉垣のかげに身を潜めて様子を窺《うかが》った。この椎の木の根本には小さな洞《うろ》があってそこにただならぬ姿の女が立っていた。薄暗い外燈の明りではよく見えなかったが、白い浴衣《ゆかた》姿で手には金槌のような物を持っており着物はぐっしょり濡れているようだった。何より不気味だったのは頭に着けた蠟燭《ろうそく》の光にゆらめく女の能面のような顔で、私はその後しばらくはその姿を夢に見てうなされた。

父は女を社務所に連れて行き、怪我の手当てをした。口にくわえた剃刀《かみそり》で切ったものか、顔が血だらけだったのだ。

少し落着いたところで父は女に事情を尋ねた。女は近くの氏子さんの家のお嫁さんで、お姑さんとの折合いが悪く悩み抜いた挙句、遂に〈丑の刻まいり〉を実行するに至った。〈丑の刻まいり〉を解説しておくと、人に恨みを持つ者がその相手に対して呪いをかけて復讐するための方法で、夜中の丑の刻（午前二時頃）に神社の御神木に人の形をした藁人形を五寸釘で打ちつけて祈ることによって満願の七日目には相手が死に至るか、釘を打ったその部分が傷つくというもので、かなり古い時代から行われてきたらしい。そういう人が私の子供の頃の昭和初期にはまだいくらかは存在したのだ。

当時は俗信や迷信を信じる人がまだ多かったし、嫁と姑との力関係も圧倒的に姑のほうが優位だった。法律的にも嫁は不利だった。したがって嫁いびりも結構多かった。

父はかなりの時間をかけてお嫁さんを慰めたり説得したりして、夜明け近くに嫁ぎ先の家に送って行った。

私はその一部始終を父のうしろで聴いていた。夜中だというのに少しも眠くなかった。神社では毎月のように結婚式が行われ、奇麗な花嫁衣裳で着飾り仕合せそうなお嫁さんが、一歩間違えば彼女のように鬼のような姿で人を憎み自分を傷つけるという人間の深い悲しみに、幼いながら強く胸を打たれた。

この事件は父がその家に何度か足をはこんで、どうやら円く納まったようだったが、結局は離婚してしまったと後で知った。

実は嫁いびりは他人事ではなく、私の家でも行われていたことだった。

当時の平岩家は宮司だった祖父が引退して裏の隠居所に住んで居たが、まだ一家の長としての立場は失われていなかった。ただ祖父が板橋の町役場の収入役から神主に転じた人だったのに対し、父は近くの鳩森《はとのもり》八幡神社の長男で神職としての修行は祖父よりもかなり積んでいたので、祖父は養子の父には一目置いていたようだ。

ところが祖母の方は葛飾の大きな瓦屋の娘で乳母日傘《おんばひがさ》で甘やかされ、嫁に行きそびれて祖父の後妻になったという人で、悪い人ではないがかなり我儘《わがまま》な性格だった。おまけに祖父は気持のやさしい人で、祖母には文句も言えず、言い成りになっていた。我が家は祖父母と両親、それに私の五人家族であったが、そのほかに住み込みのお手伝いさんが二人、書生さんと呼ばれていた神職見習いの青年が二人、それに集金や掃除など雑用をする爺やが二人と、かなりの大所帯であった。

神社には総代さんや世話人さん、父が神道無念流《しんとうむねん》の有段者だったので剣道を習いにくる警察官や神職仲間など来客が多く、母の仕事は朝から晩まで多忙を極めていたが、祖母は隠居所で勝手気儘に振舞い、何か気に入らない事があるとお手伝いさんを通して父や母を部屋に呼びつけて小言《こごと》や嫌みをいったりする。

ただ祖父も祖母も私にだけは優しかった。それも度が過ぎた可愛がりようで、四季を通じて着るものや食べものにいちいち干渉した。

「お前は平岩家の大事な跡取りなんだから……」が口癖で、私はお菓子や玩具を買って貰うのは嬉しいが本当はそれ以上に迷惑な気持の方が多かったような気がする。それよりも一番嫌だったのは、私のことで父や母が祖父母に叱られることだった。

私が小学一年生の夏休みのことだ。父が海水浴に連れて行ってくれた。祖母は危いから止せと反対したが、それを押し切って出掛けた。年寄り達に溺愛され、娘がひ弱になるのを心配していたからである。

なにしろ運動会の徒競走でうちの祖母は、

「いいかい、ヨーイ・ドンと鳴ったら、一歩引いてから走るんだよ。そうすれば他の子に突き飛ばされたり転んだりしないからね」

当然のことながら、最愛の孫娘はビリで泣きそうだったが祖母たちは怪我をしなかっ

た と大喜びした。

そんな状態なので、この日父は娘に大サービスをしてくれた。娘も最初は次から次と打ち寄せる浪を怖がったが次第に慣れて、真新しい浮輪の中ではしゃぎ、父も上機嫌だった。お土産に今夜の味噌汁の具にアサリを買い、二人とも意気揚揚と帰宅したのだが、その晩夜中に私は気持が悪くなり、吐いたり下したりした上に高熱を発して苦しんだ。

真夜中ではあったが、父が近所のお医者さんを叩き起こして診察を請うた。その頃は今と違って、夜中であろうと医師は往診してくれた。診断の結果は〈疫痢《えきり》〉だった。〈疫痢〉と聞いて家族は一瞬息を呑んだ。この時代、幼児がかかる病気として最も恐れられていたのが、疫痢であった。食物などに付着した赤痢菌によるもので、死亡率が高いことで知られていた。

「お宮の跡取り娘なので何んとか助けて……」

声を震わせる両親に若い石島という医師は、

「法律では避病院へ入れるべきですが、それでは助かる可能性が低い。うちの病院で最善を尽してみましょう」

この医師は大学の医学部を卒業したあと、当時世界の医学をリードしていたドイツに留学して細菌学を学び、最近帰国して開業したばかりだった。

医師は病院の二階の病室を完全隔離して治療に当ってくださり、私は奇跡的に死の淵《ふち》から蘇えることができた。

後になって石島先生は、

「あの時、もしお宮の大切なお嬢さんに死なれてしまったら、開業したばかりの病院を畳んで逃げださなければならないと思って必死だったよ」

と述懐された。

しかしこの疫痢事件の結果、平岩家の私に対する教育方針が大きく変ることになった。爺ちゃん婆ちゃんが孫娘を猫かわいがりに甘やかして、かえってひ弱にしてしまったという反省からもっと強く活発な子に育てなければということで、父は祖母には言わずに私に自分の得意な剣道を教えるようになり、子供用の稽古道具を揃えて、毎朝「メンメン、ドウ」と大声で竹刀《しない》を振らせるようになった。

また、わが家の女帝のように振る舞っていた祖母が、この頃何かの理由で機嫌を害して私の母に八つ当りをして、火鉢に入れようと運んできた炭火を引っ繰り返し、危うく火事になりそうになったことがあった。勿論《もちろん》家中の者から非難の眼が向けられたが、当人はいつものようにふて腐れて反省の色もなかった。

こういう時、祖父は一言も妻を叱ろうとしなかった。

その一部始終を見ていた私は突然祖母の前に立ちはだかって、

「それは婆ちゃんが悪い、謝りなさい」

と言って、その場に居た人たちを驚かせた。それまでの私は大人しい好《よ》い児で、何事にも引っ込み思案だったからだ。中でも一番驚いたのは祖母で、暫《しばら》く私を見詰めたまま動かなかった。

実は私は前から祖母の暴君的な態度が気に食わなかった。それが例の〈丑の刻まいり〉のお嫁さんのような悲惨な例を見たことで、〈疫痢〉の時に自覚した、自分がこの神社の跡取りで心身ともに強くなくてはいけないという思いが急に昂《たかぶ》ってきたのかもしれない。

とにかくこの頃から、私は変ってきたような気がする。

しっかりと物を見詰め、発言するようになった。


ひらいわ・ゆみえ（作家・脚本家）「オール讀物」3・4月合併号

漱石が見抜いた「職業」の本質

藤原智美

唐突ですがここで一つ質問。「職業」について深く考えた作家というと、誰が思い浮かびます？　意外なことに答えは夏目漱石です。

漱石といえば、人間の内面とその葛藤を描いた作家ですね。形而上的なテーマに終始こだわった作家だから、職業＝生業（なりわい）という日銭にかかわるような、いわば下世話には関心などなかっただろう、と思われがちです。しかし彼は「道楽と職業」という演題で、全国各地で堂々と講演を行っているのです。「大学に職業学という講座を設けてはどうかということを考えた事がある」（『私の個人主義』講談社学術文庫）とも述べています。職業というものがどのように発展するかを研究し、その「進化の原則」を探求すべきだと、本気で主張していました。

というのも当時の若者の多くが、自分の進路について思い悩んでいたからです。ことに帝国大学出の学生は就職難に苦労しました。エリートなのに不思議ですね。

明治政府は西洋の近代的な文化、科学を採り入れるため、人材の育成に力を入れました。しかし西洋的知識を手にして大学を卒業しても、その就職先は政府や学校などかぎられていたので、仕事にありつけずブラブラするしかないという人も多かったわけです。エリートはたくさん出てきたが、その受け皿となる民間企業がまだ育っていなかったのです。

そこで漱石が考えたのは、職業というものをまずしっかりと定義づけることでした。それを簡単にまとめると「仕事というのは他人のためになすもの、すなわち『他人本位』の行為だ。一方で芸術や科学研究に携わる仕事は『自己本位』である」となります。漱石は職業をこのように規定しました。

しかしこの図式的な二分法はあまり重要ではありません。むしろポイントは「本位」という言葉です。他人のためにしろ、自分のためにしろ、それを「本位」という生きる「指針」、すなわち職業を「生き方」としてとらえた点が重要なのです。つまり個々人の「人生」の中に、職業を重要な活動として明確に位置づけたところが画期的だった。漱石は職業こそ近代社会と個人を結ぶ基本原理であると見抜いていたのでした。

もう少し分かりやすく説明しましょう。仕事が人生と大きく関わるというのは、現代人にとってはふつうの感覚ですが、江戸期の士農工商の身分制度があった時代の人々にとっては違います。生まれたときからすでに将来の生業がわりふられているわけです。当時の人には、親と同じレールの上を進むという感覚がふつうだったでしょう。自分の進路にあれこれ悩む機会もありませんでした。仕事を選択し、将来を自分で切り開いていくという人生観は、まだ存在しなかったのです。

明治になって人々は、古い身分制度の束縛から解放され、働く自由を獲得しました。このとき近代的な職業観が生まれます。つまり職業が「誕生」したのです。しかしそれは同時に、身分に合わせてあらかじめ敷かれていたレールがなくなり、自力で人生の道筋をつけていかなければならなくなったということ。職業の誕生が、人々に「自分で築く人生」を強く自覚させたのです。そこに不安や葛藤が起こってくるのは当然ですね。

では二一世紀の今はどうなのでしょう。実は現在の日本は、漱石の時代と同じように職業の大変動期を迎えている。やがて職業という概念、人々の人生観さえ一新されるだろう、と私は考えています。

そう気づいたきっかけは、リタイアしたシニアの暮らしについて調べたことでした。定年後のシニアの中には、毎日の生活に張りあいがなく、生きがいも感じないという人が少なくないのです。しかしこれは当たり前ですね。漱石が喝破したように、仕事は個人と社会とのつながりを保つもので、定年でそれを失うということは社会的な孤立をまねきやすいのです。「自分本位」で孤高の人生を楽しむことができる人は別として、多くのシニアが「何かしなければ」という焦燥の日々をおくっています。働きたい、あるいは社会活動に精を出したいという人は多いのですが、では実際なにをするのかといったら、なかなか答えをだせないのです。

「働くこと」について悩み、苦しみ、奮闘しているのはシニアだけではありません。実は若い世代もそうなのです。その背景には、かつて一般的だった企業の終身雇用が、過去のものになりつつあることがあります。将来も安泰だと見られていた多くの大企業が海外資本に「身売り」されたり、規模を縮小している現実も無視できません。

しかしもっとも大きい要因は、デジタルネットワークの普及で働き方が大きく変わりつつあること。仕事ばかりか、個人と個人の関係にも根本的な変化が起こっています。さらに仕事にＡＩが導入され、これから消える職業や、あらたに生まれる職業が出てきそうです。こうした中で、これまでの職業観、生き方が通用しなくなっているのです。

それはいささか大げさではないか、という反論も聞こえてきそうです。では最近、こういう話をよく耳にしませんか？

たとえば第一志望の有名企業に入社できたのに転職先も決めないまま、ほんの一、二年でやめてしまうとか、大企業を飛びだし技術やアイデア一つ携えて仲間と起業する。あるいは社会人になったにもかかわらずいきなり留学したり、専門技能を習得するために再び勉強を始めたり。こんな冒険的でちょっと無謀に感じられる若者の転身話が、私の周囲にも当たり前のようにころがっています。

最近は農業を志向する若い人たちがたくさん出てきました。ある農業法人には、わずかな大卒採用枠に約四〇〇人の若者が押しよせたと話題になりました。若者だけではありません。各地の農業ボランティアには若い世代に混じって多くのシニア層もつめかけます。関東の近郊農業は、こういう人たちを抜きに成りたたない地域も出てきています。戦後一貫して、農業は衰退する遅れた産業だと見られてきましたが、今や堅実でやりがいのある職業だと見る人が増えています。これも最近、人々の職業観に起こった変化の一例です。

しかしこれらの現象は、新しい時代の予兆にすぎません。ではその新しい時代では、どんな風景が展開されるのでしょうか。

その一端を紹介すると、まず基本となるのが人と人との関係の変化です。仕事でも暮らしでも、上下（タテ）の関係より、対等（ヨコ）の関係が重視されるようになります。タテにこだわる古い体質の企業は会計や製品検査で不正が発覚したり、新しい波に乗り遅れ衰退しがちですが、ヨコの関係を機軸にする新しい組織には活気があります。個人生活もヨコのつながりを大切にする人は豊かな交友関係を築いていますね。

ヨコの関係とは人のネットワークのことです。この水平的なつながりを利用しての起業、組織からのスピンアウトが活発化しています。ボランティアなどの社会活動もネットワークで広がっています。

漱石が考えたように、職業とはその人の本位＝生き方を決定づけるもの。生き方と職業はしっかり接続されている。職業観が変わることは、生き方が変わるということ。私は新しい時代にふさわしい「働き方」、「生き方」とはどんなものか、考えをめぐらしているところです。未来はすぐそこです。


ふじわら・ともみ（作家）「一冊の本」2月号

家付き娘

春日いづみ

詩人の新川和江が、「短歌は家付き娘、詩は放蕩息子、短歌には型があるから、その中で詠えばよいが、詩は書きたい内容によって、まず形式を決めるところから始めなければならない」と語った。詩作が形式を決めてから始まるというのは意外であった。放蕩息子は危険を伴いながらも一か八かの勝負に出る。それだけ表現に幅や奥行きがあり、芸術性も高いということだろうか。家付き娘は呑気、気楽といった意味合いも含んでいたのだろうか。この詩人の言葉は長く心に残り、度々思い返される。

俳人の長谷川櫂が東日本大震災直後に『震災歌集』を刊行したことは記憶に新しい。駅のホームで地震に遭ったその夜、「荒々しいリズムで短歌が次々湧き上がって来た」という。また詩人の平出隆が父の死に向き合い歌集『弔父百首』を刊行している。作品についての感想は別として、感情を揺り動かす場面において、俳人や詩人の心に短歌のリズムを伴って言葉が湧き上がったことは確かである。ここ十年、「八・一五戦争を語る歌人の集い」で短歌リーディングをして気づかされたことがあった。戦争で家族を失ったこと、引き上げの苦労、学童疎開、空襲の被害、そうした想像を絶する苦しみを短歌に託した人々の夥しい作品は、短歌の詩型だからこそ生み出されたのだと感じている。これらのことから心の深みの感情は、日本人の誰にも、五七五七七のリズムを伴って湧き上がってくるものなのではないかとさえ思うのである。日本人の心と密接に結びついた詩型、このリズムは長い長い時間をかけて培われ、日本人の血肉として備わって来たのではないだろうか。農耕との関わりもあるかもしれない。田植えや田打ちの仕事は田の神に感謝しつつ、捗るように歌ったという。その身体のリズムとも深く関わっているかもしれない。日本語は強弱アクセントではなく高低アクセントなのでなめらかななかに調べが生まれる。欧米など多民族、多言語の入りまじる地域では果たせなかった、心の器としての文学形式が生まれたのではないだろうか。特に短歌を声にのせる時に感じることだが、朗読していると、作者が立ち上がり、息遣いまで共にするような気持ちになることもしばしばである。

また詩型の特徴として句分けがある。各句のあとに一拍の間をおくことができる。意味、内容によって二句切れ、三句切れなど、ごく自然に句の後に裏の拍子が生まれている。たった三十一音だが、五つの句があることで、リズムが多様化するのである。また、一行に書く、一行の詩であることも意味があろう。一行と五行に分かち書きをするのとでは、読み方もイメージも違ってくる。一行書きではすーっと思いをのべてゆくのが自然なのかもしれない。

短歌の詩型は窮屈であるが、そこにいかに言葉を削り、また組みこんでゆくかという営為は自らの思いを純化し、精錬することになる。その縛りの中でどこまで表現を凝らし、内容を高めることができるか、挑戦する、そうした意志が働く。家付き娘であるということは、代々の財産や家名を負うわけで、万葉以来の短歌の歴史の延長線上に、自らの作品をどう位置付けるかなどの長い視野を大切にしなくてはなど、考えたりもする。短歌の歴史に放蕩息子は大勢いて果敢な挑戦をしてきているからこそ、発展してきた。

私の家ではしばしば歌会があり、短歌や長歌の韻律を聞いて育った。その耳から聞いた韻律に言葉をのせることは自然で、無理がなかった。家付き娘に家がある呑気さは否めない。作り始めは韻律の力を借りてなんとか作品になる安心感があった。しかしそれは落とし穴にもなる。韻律に頼ってばかりいては、平凡で陳腐なものになりかねない。作者特有の作品にする努力を怠ってはならない。日本人の恵みの器に甘えてはならない。放蕩娘でありたいものだ。

かすが・いづみ（歌人）「短歌」10月号

おさがりの教え

山西竜矢

俳優業を始めて7年になる。今まで、仕事で着る衣服について悩んだことはほぼない。衣装は準備されるものであり、選択責任が自分にはないからだ。これは気楽である。原色バキバキのコーディネートで、喉を掻き切れるほど尖ったブーツを履いていても、僕の意思とは無関係なのだ。

しかし当然、私服に衣装さんはつかない。自分の服は、自ら選択しなければならない。毎朝欠かさず訪れるその時間が、僕は数年前まで苦しかった。

人は自分が良いと思うものを着る。言い換えれば、衣服の選択は「これを良しとする」という意思表明だ。二十歳を越えた頃、自意識を拗《こじ》らせた僕の服選びは難しくなった。クローゼット前で攻防が始まる。

派手な服をあてがうと「頑張りすぎちゃう?」「お洒落したさが見え見えやで」と声がする。差し障りのない服だと「はずすのを避けてる感じもダサいで」「勝負せえや」とうるさい。脳内口論を繰り返し、裸が一番なのではと奇妙な思考に陥った日もあった。

そんな時、友人の女性から一本の連絡があった。服持ちの祖父が他界し、大量の服が残されているため、その一部を貰って欲しいという。

数日後、彼女の家で現物を見て驚愕した。質も量も、想像を遥かに上回っていたのだ。オーダーメイドのスーツ、革のロングコート、一筋縄ではいかぬ渋い品が、クローゼット五つ分ほど、整然と並んでいた。

その光景を前に、感動している自分に気付く。彼の主張の集合体が、あまりに毅然と、誇り高く佇《たたず》んでいることに、心が震えたのだ。拘《こだわ》りを貫き、潔く選択された服たちから溢れ出す、顔も知らない彼の美学に、僕は強い憧れを感じたのである。

結局、友人が見繕ってくれた数着を貰った。鏡の前でそのうちの一枚を羽織ってみる。分厚い革のコートが、肩にずしんと重い。自分には背伸びに思えて恥ずかしくもあったが、そのまま帰路についた。選ぶことは難しい。けれど、それから逃げるな。風を切るおさがりから、喝が聞こえた気がした。

以来、服選びには悩まなくなった。拘り、誇りをもって選び続けられるなら、何だっていい。これは、どんな選択にも当てはまることかもしれない。

言うまでもないが、彼のおさがりたちは、今も僕の揺るがぬ一軍である。

やましし・たつや（脚本家・演出家・俳優）「小説すばる」4月号

狂熱の黒部

嶋津　輝

一昨々年と一昨年、二年続けて黒部ダムに行った。

一回目は、ただなんとなく旅行先として選んだだけだった。行く前に情報を仕入れておこうと「黒部の太陽」のＤＶＤを借り、夫といっしょに観た。その日私は寝不足で、前半で裕次郎が地図上のダム建設予定地を中指で指したところまでは覚えているが、目覚めたらダムは完成していた。ちゃんと観た夫はあまりの難工事に感慨を覚えていたようだが、私は結局見そびれたまま返却した。

旅行当日、黒部はひどい霧と雨であった。ダムの全景はかろうじて拝めたが、すぐ近くにあるはずの立山連峰も何も見えない。がっかりする私をよそに、予習十分の夫はわりと盛り上がっていた。ダム行きのトロリーバスが「破砕帯」というトンネル工事最大の難所を通過するときは「ここは大量の冷水が出て……」と一方的に熱く説明してきたし、破砕帯の水で作られた「ハサイダー」なる駄洒落っぽい名の清涼飲料水を見つけたときは、「あの苦労を思うと俺は飲めねえ」と溜息をついていた。映画を観ていない私は、白い靄《もや》に包まれた立山黒部アルペンルートをただもくもくと移動するだけだった。

その日は宇奈月温泉に泊まり、翌日は宇奈月〜欅平《けやきだいら》を走るトロッコ電車に乗る。旅行会社の窓口で勧められるまま組み入れた行程であった。

翌日は好天で、私はトロッコ電車からの景観を愉しんだ。そして終点の欅平駅で降りると、駅舎内に、吉村昭氏の小説「高熱隧道《ずいどう》」の自筆原稿が飾られているのが目に入った。吉村氏と同郷の私は、地元を描いた随筆などをかねてから愛読している。ショーケースを抱え込むように私は原稿（複製であったが）に見入り、ガラス面を鼻息で白く曇らせた。

旅行を終え、私はすぐに「高熱隧道」を読んだ。黒部ダムの完成から遡《さかのぼ》ること二十五年、昭和十三年前後の黒部川第三発電所建設の現場を舞台にした実話に基づく小説である。その内容たるや凄まじく、第三発電所は「くろよん」建設時の死者をはるかに上回る三百余名の犠牲の上に完工したそうだ。トンネルの掘削は高熱の岩盤に阻まれて、その温度は百数十度にも達し、地熱でダイナマイトが自然発火して多くの人が亡くなった。

その「高熱隧道」は、原稿が展示されていた欅平の奥の立入禁止区域に位置するらしい。さらに工期中、「泡雪崩」という通常の雪崩とは異なる強烈な爆発力をもつ特殊な雪崩が現場を襲い、四階建て宿舎の二〜四階が中の人ごと吹き飛ばされ、六百メートル先の山の岩肌に直撃・大破したという。なんとも息を呑む場面の連続で、私は立て続けに二回読んで放心した。

その後私は、関西電力が「黒部ルート見学会」なるものを開催していることを知った。抽選でのみ参加できる人気のツアーで、それもそのはず、ツアーは欅平から黒部ダムまでの通常一般人が入れないエリアを複数の乗り物で移動し、途中であの高熱隧道も通過するのだ！

私は狂ったように申込方法や過去の抽選倍率を調べまくった。調べる合間に「高熱隧道」も再読しつつ、仕事を休みやすい時期から倍率が低めの日程を絞り込んだ。普段何事にも不精で消極的な私があまりに熱心なので、途中から夫も協力的になった。何が自分をこんなにも突き動かすのだろう。完成までのあまりに過酷な工程か。それとも黒部の峻《しゅん》嶮《けん》な断崖か、雪崩多発地帯の自然の苛烈さか。

そして熱意は岩盤をも通し――、いや、五倍の抽選をも一発で通過させ、私たちは二年連続で黒部へ出向くことになった。

見学会は素晴らしかった。配られたヘルメットを被った瞬間から期待は沸騰し、その期待を裏切らぬ係員さんの懇切丁寧な説明、そして一つ目の展望台からの剱岳《つるぎだけ》の絶景。私は夫そっちのけで常に係員さんの傍らに陣取り、あらゆる説明を最前列で聞いた。その後第四発電所の広大な地下施設などを見学し、バッテリーカーに乗り込んでいよいよ高熱隧道をゆく。車内で係員さんが資料を見せつつ説明してくれたのはなんとあの泡雪崩。狭い車内で中腰に立ち、資料を熱心にカメラに収めているのは参加者中私一人のみだ。高熱エリアの岩盤は今では四十度に下げられているものの、サウナのような熱気を全身に浴び、ついにここまで来たのだと感じ入った。

しかし高熱隧道以上に私を興奮させたのは、最後に訪れた展望台だった。眼前に立ちはだかるのは奥鐘山《おくかねやま》西壁。奥鐘山自体は欅平駅からすぐだが、西壁はここか登山道からしか見ることができない。

泡雪崩により飛ばされた宿舎が激突したのが、まさにこの西壁なのである。私は手すりから身を乗り出し、植物もまばらな西壁の岩肌を凝視し、まずは全景、次にズームで写真を撮った。あるはずもない宿舎の残骸を探すかのように――。

ここまで来てさすがに自分が何に惹かれているのかわかった。「大量死」に異常に喰いついてるだけじゃん、自分……。

自分が下衆な人間だということはわかっている。だから己の悪趣味を突きつけられてもショックはない。いささかの羞《は》じる気持ちはあるが、疼《うず》いてしまうものは仕方がない。

しかしその性癖が夫にばれるのはまずい気がして、私は手すりを離れてそっとカメラの電源を切った。


しまづ・てる（作家）「小説トリッパー」冬季号

常に弱い私の思い

町田　康

文章を書いているとき、自分がなにを書いているか、ということを改めて考えると、頭が混乱してくる。普通に考えれば、自分が言いたいこと、主張したいこと、を書いているということになる。或《ある》いは、自分が知っている事実を書き連ねているとか。

しかし、実際にはもっと込み入っていて、それももちろんあるが、それ以外のことも多く含まれているように思える。例えば、自分が知らない事実をいかにも事実らしく書くこともあるし、自分がまったく言いたくないことを書くことだってある。自分がなにが言いたいのかわからないまま、ただ言葉を書き連ねていることもある。そしてそれらが一つの文章の中に入り交じってある。

そんなだから最終的にできあがった文章は意味不明・論旨不明、なにを言っているのか判然としない文章になるはずなのだが、ところがそうして書かれた文章は、それに賛同するか／しないか、読んでおもしろいか／おもしろくないか、は別として、それなりに筋道の通った了解可能な文章になっており、不思議なことこのうえない。

しかしもちろん世の中にあるすべての文章がそうであるというわけではなく、こういうものを書こうという意志の下、最初から最後まで主張の一貫する文章も世の中にはたくさんある。

これはどちらが良くてどちらが悪い、というものではない。

文章に迷いや逡巡《しゅんじゅん》、錯綜《さくそう》や矛盾が生まれるのは人間という存在がそもそもそういうものだからで、人間を描こうとする文章は真剣に書けば書くほどそうしたものになるし、此《こ》の世の理を観察と実験によって明らかにしていくための文章は、そうしたものを排除した一貫した文章でなければ都合が悪い。

とはいうものの、それにしたって質のよいものもあれば悪いものもそこにはある訳で、読むに値しない文章、或いは聞くに値しない文言、というものもこの世にはある。

そこで本日は、自分が心にもないこと、思ってもいないこと、実は逆のことを思っていること、なにも思いつかないのだがなにか書かないといけないからただ枡目《ますめ》を埋めるために書いている文章を簡単に見分ける方法を伝授しよう。

それはまず、「とても」「本当に」「心より」と云《い》った次の言葉を強める文言が入っているかどうかで例えば、「心よりお詫《わ》び申し上げます」「心より感謝します」とあった場合、当人は、お詫びも感謝も殆《ほとん》どしていないとみてよい。なぜなら、そもそも当人の内にそれがあまりなく、言葉によってそれをブーストする必要性を感じるからこそ、こうした、強め、の文言を用いるからである。本当にそれがあるとき、人はこうしたブーストの文言を用いない。

また、なにかを評価・評論する文章で、こうした、強めの文言、の後に主観的な文言が続く場合、評者は脳味噌《みそ》をただの1ミリグラムも使っていないことが明らかである。

それは例えば、「○○は本当に素晴らしい」とか、「○○が本当に美しい」とか、「○○には本当に心を動かされた」と云った文章で、末尾に斯《こ》うした文章がある書評などをその本の著者が読むと作者は本当にがっかりするし、読者にはなんの参考にもならないのではないかと強く思う。

いろいろ申し上げたがとにかく、右に書いたような、強めの文言には、気をつけてもらいたいなあ、と心より思うし、そのことが人々のかけがえのない人生のお役に立てれば、それが私にとってこのうえない喜びであると同時に、私たちのとても大切な社会が、持続可能であるためにも、とても重要なことになるのではないか、と強くは思ってはいない。弱く思っている。

まちだ・こう（作家）「南日本新聞」九月八日

追悼・和田誠君とのこと

横尾忠則

人は誰でも死ぬという自明の理は否定しないが、和田誠君に関しては、どうも納得がいかない。何の予感もなく何だか突然、この地上からパッと消えたという感じだ。

和田君と僕はともに83歳。和田君が病気をしたなんて、知り合ってほぼ60年になるが、一度もそんな噂を耳にしたことがないので、いなくなったことが不思議でならない。新刊を出すと必ず送ってくれていた。一番新しい本だって、ついこの間送られてきたように思う。対談と共著以外の全ての著作は全部わが家の本棚にある。彼はこうと決めれば必ず実践する人で、好き嫌いも激しかったと思うが、僕と彼の間では何でもOKだった。

24歳で上京して、まだデザイナーの知人は田中一光さんしかいなかった1960（昭和35）年、一光さんの家で和田君を紹介された。初対面だったが、すでに互いの作品は認識し合っていたのと、何といっても同い年であることが、2人を近づけた。お互いグラフィックデザイナーでイラストレーター。彼と僕の作風はガラリと違ったけれど、すぐ親交を結んだ。

好みも随分ズレていた。彼は酒を飲むが僕は一滴も飲まない。彼はジャズが好きだが僕はロックが好き。僕は前衛芸術やアングラだったが、彼はこの手のものは好きじゃない。人脈も共通するのは劇作家の寺山修司ぐらいで、2人の友人で共通する人はほとんどいない。だけど初めてのヨーロッパ旅行では21日間も同室で、好みが全く違うのに一度ももめたことがない。

僕が京都労音の「春日八郎」のポスターを描いたとき、誰一人評価しなかったのに作風の違う僕の作品を猛烈に支持してくれた。上京して知り合って間もなく、コラボレーションの仕事を持ってきてくれたのも和田君だった。僕と（グラフィックデザイナーの）宇野亜喜良《あきら》さんとは当時、同じ会社に勤めていたが、同じ銀座に勤務先のある和田君ともまるで同僚の人間のように3人で、用があってもなくても会っていた。

（60年代に著名な芸術家が数多く参加した）草月アートセンター（東京）の「アニメーション・フェスティバル」には3人とも出品し、評判がよかったにもかかわらず、なぜか3人とも後が続かなかった。その後、和田君は本格的な劇映画の監督になった。彼は映画博士のように映画に関しては誰にもひけを取らなかった。作詩、作曲、何だってやってのけた。

まあ、宇野さん、和田君、僕も含めて、3人ともマルチにいろんなメディアで仕事をこなしてきた。だけど80年に僕がグラフィックとイラストから絵画に転向してしまってからは、3人で会うことは少なくなった。

だけど和田君はほぼ僕の展覧会には来てくれた。お互いに恥ずかしくて言えなかったが、彼とは親友だと思っていた。ただベタベタしたつき合いはしなかった。

宇野さんもそうだが、初対面で気の合った人間は一生、気が合うもんだ。そして不思議に思うのは、長いつき合いなのに、会うとお互いにテレるのである。これって一体何なんだろう。

よこお・ただのり(美術家)　「産経新聞」十月三十一日

行動せねば…思い知る

ほしよりこ

最近、つくづく思うのが、行動に移さない限り何も起こらない、ということです。どんなに強く願っていても学習し続けない限り語学は上達せず、心の底で誰かのことを激しく想い続けていても、相手に伝えない限り関係に進展はなく、華麗に楽器を演奏する姿を想像してもレッスンを始めなければ楽器はただの置物です。才能があると言われている人だって行動で示せなければ何も伝えることができない。

得意なことや、自分で決めた一つの目標に向かって突き進むと、いくつかの挫折も経験しながら身についていくことがあります。それはスポーツや、料理、音楽や、望んだ職業や、在りたい自分の姿など。ある程度経験を重ねると次の行動や選択について迷いがなくなり、より密度が濃く失敗の少ないやり方を選ぶことができるようになります。

きっと積み重ねた経験と学習の賜物《たまもの》だと思うのですが、さらに自分が成長できるのは、むしろ選んでいない負の出来事ではないかなと私は思います。

私の場合それは入院でした。丈夫な自分が入院することになるとは夢にも思いませんでした。その日は絶対に休むことができない対談があったのに、起き上がることもできず、即入院となりました。入院した病院は非常に老朽化していて部屋は狭く、天井は低く、お医者さんも看護師さんも「こんな古いところで驚かれたでしょう。不安に思われているかもしれませんが、設備はちゃんと整っております」と最初に言われたくらいです。

私は寝かされた状態なので、老朽ぶりがよくわからなかったのですが、ストレッチャーに乗っていると確かに天井がかなり近いな（つまり天井がとても低い）、と思いました。病室は非常に狭く、ベッドが二つ、人一人がかろうじて座れるほどしか隙間がありません。隣のベッドには腰の手術を控えた74歳の橋本さんという女性が入院され、二人の共同生活が始まりました。

何しろ部屋が狭くて隣と近いので、寝息はもちろん、携帯電話で話している相手の声も聞こえるくらいです。橋本さんの手術は成功し、入院時まで20年間使っていた杖《つえ》は必要なくなり、廊下を歩く練習をされていました。夜、遠方にお住まいの息子さんから電話があり橋本さんは「あのね、ふふふ…私、もう杖いらんの！」と言うと電話の向こうから息子さんの「ほんまか！　ハハハハハ！　すごい!!」と言う喜びの声が聞こえた時、私は布団に顔を埋めて溢《あふ》れる涙をこすりました。回復していく人の側《そば》に居られたこと、深夜も早朝もきつい仕事をテキパキこなす看護師さんたち。病院の味の薄い食事によって自分が日々どれくらいインパクトの強い味に慣れきっていたかを思い知ることともなりました。

入院生活を終え帰宅した時、自分の部屋を見てゾッとしました。そこには10年近く置いたままにしている本や雑貨、衣類も何もかもそのままにあったけれど、私自身は既に違う人になっているということに気付いたのです。私は多分、入院する前からもう変わっていた。それなのに、昔の自分をそのままその場所に押しとどめるように暮らしていた。何もないグレーの病室ではこれからどうしたいのか、何をするのかということも、今の自分の状況もとてもシンプルに考えることができました。

退院し日常生活を取り戻したからそのように振り返ることができるし、また同じことが起きてほしいとは思いませんが、選びようのない状況が教えてくれることは奥深く、今も当時を振り返ってさらに学ぶことが残されています。

退院後、人に手伝ってもらって大量に荷物を処分しましたが、今また、気付けば不要なものに囲まれて生きています。行動を起こさなければ、結局同じ場所から動けないのだ、と思い知る日々なのでした。

ほし・よりこ（漫画家）　「信濃毎日新聞」七月七日

幻の女

高橋源一郎

わたしの知人から聞いた話である。その名前をAとしておこう。

Aはわたしとは異なった分野の作家である。わたしなんかよりずっと本も売れている。わたしとの違いはほかにもある。わたしよりずっとマジメだし（結婚は一度だけ）ギャンブルはやらないし酒もほとんど飲まない。なにが楽しいのだろう。まあそれはいい。書くものが立派で売れているのだから。

前世紀末のことである。「伝言ダイヤル」とか「援助交際」とか「テレクラ」などという言葉が世間を騒がせていた。Aは興味を持った。でも自分には関係のない世界だ。Aはそう思った。そもそも他人と話すのが苦手でだれともしゃべらずにすむ作家になったぐらいだからだ。積極的にだれかと話すなんてことができるわけがない。いつもならそれで終わりだった。けれどもその夜は違った。たぶんどうかしていたのだ。友人の作家からやり方だけは聞いていた。Aは、生まれて初めて「イケないこと」をしようとしていた。Aが選んだのは「伝言ダイヤル」だった。とりあえず直接話す必要はなくメッセージを吹き込み返事を待つのである。Aは教わったとおり「フリーランスのライター、独身、三十代後半、話し相手を募集しています」と夜九時に吹き込んだ。ジリジリしながらAは待った。三時間後Aは返事を聞いてみた。十五件もの返事があった。けれどもその大半はいわれていたように明らかに「お金」が目的のものだった。一件だけ変わった返事があった。Aの耳もとに眠そうな女の声が流れた。

「わたしは……二十代です……退屈なので、電話をしました……ええっと……そうですね……よかったら返事をください……本を読むのが好きです……坂口安吾とか……」

録音はそこで切れていた。録音できる時間に制限があったのだ。Aはその女の伝言に返事を返した。すぐに女から返事があった。結局ふたりは明け方まで伝言のやりとりを続けた。ほとんど一言か二言ずつ。不思議な会話だった。Aはまるで壁の向こうにいる女に電話をかけているような気がした。そしてふつうに会話ができている自分に驚いた。

「あさって、資生堂パーラーで会う約束をしたんだ。銀座のクラブで働いているって」

伝言ダイヤルを教えてくれた友人に報告すると彼は呆れたようにいった。

「サクラに決まってるじゃないか。そんな女がいるものか。全部ウソだよ。資生堂パーラーで待っててもだれも来ないぜ」

たぶんそうなのだろう。そうに決まっている。行くなんて愚か者だ。けれどもAは行ったのである。

女が入ってきたときAは息を呑《の》んだ。それはたぶん別の女だろう。そう思った。眩しいほどに若く瑞々しい体の美しい女だったからである。女は真っ直ぐAに近づいて「あなたですね?」と訊《き》いた。だからAは答えた。「はいぼくです」。女は最近クラブに勤め始めたけれど東京が初めてで知り合いもいないので暇つぶしに伝言ダイヤルにかけてみた。よさそうな人なので来た。そういった。そういう女の声が遠くから聞こえてくるようだった。時間があればいつも本を読んでいるわ。坂口安吾で好きなのは?「私は海をだきしめていたい」ね。なにもかも信じられないことだった。次の日Aは女にもらった名刺を持って女が勤めているクラブに出かけた。生まれて初めてたったひとりで銀座のクラブに行ったのだ。そこにはほんとうにその女がいた。二度目にクラブに行ったときAは女と帰った。その夜初めて女とホテルに泊まった。銀座日航ホテルだ。いまはもうないが。次にクラブに行ったときには女をタクシーで千葉の彼女の家まで送りそこに泊まった。どうかしているなおれは。一日でも女に会わないと落ちつかなくなりすぐにクラブに出かけた。席についても酒は飲まず女がほかの客のところにいるとイライラしながら戻ってくるのを待った。なにかに呑み込まれてゆくようだった。金は足りるのだろうか。いや最近まともに仕事なんかしてないのではないか。そんなことどうでもよかった。気がつけば足は銀座のそのクラブに向いた。

女にかけた携帯電話が通じなかった。四カ月ほどたったころのことである。Aはその足でクラブに出かけた。応対した黒服の男は彼女なら叔父《おじ》さんが連れて帰りましたなんでも看護学校の学生だったようですなのに家に無断で中退して勤めていたことがわかったものでああでも残念ながら住所を教えるわけにはまいりませんよいやこういうことは珍しくはありませんといった。Aは女の行方《ゆくえ》を探そうとした。看護学校を探し伝言ダイヤルの海に再び潜り何度か元のクラブを訪ねた。けれどもどこにも女の姿はなかった。毎晩のようにAは女のことを考えた。ああしかしこれではおれは女の魔力に底無し沼のようにはまりこんだ坂口安吾の「桜の森の満開の下」の盗賊のようではないか。時が過ぎまた時が過ぎていった。どれほど時が過ぎようと女を忘れることはできなかった。A

はまたそのクラブを訪れた。なにか話を聞き出せないかと思ったからである。クラブはなかった。Aは自分がはっきりとその位置を覚えていなかったことに気づいた。もらった名刺はとうになくしていた。それと思《おぼ》しきビルを見つけると入ってみたが、やはりクラブは見つからなかった。女はともかく店まで消えてしまうとは！　そうだ。電話局に訊《き》いてみればいいんじゃないか。その瞬間、Aは衝撃を受けた。あれほど通った店の名前を忘れていたのだ。資生堂パーラーに行ってみるといつの間にか違う建物が建っていた。いやほんとうはただ建て替えられていただけだったのだが。

懇意になった女が跡形もなく消え去る話をAのほかにふたりからわたしは聞いている。横浜でひとり新宿でひとり銀座でひとり。そこには謎などなくたぶんどれも気のせいだと思うのだが。たぶん。

たかはし・げんいちろう（作家）「銀座百点」2月号

注ワード

三辺律子

「ポニー」「マントルピース」「砂糖衣《アイシング》」「エルフ」「トロル」「アーサー王」「使い魔」「いかけ屋」「プロム」「サマーキャンプ」……。

いきなり並べてしまったが、わたしにとってはどれも、小さいころからごくごく馴染みのある言葉だ。理由はもちろん、海外の児童書ばかり読んでいたから。だから、児童書の翻訳を始めたころ、これらがNGワードならぬ、「注ワード（注を付けるべき言葉。わたしの造語です）」だと知って、驚いてしまった。そうか、わたしの語彙は偏っていたんだ！

偏っているといえば、キリスト教関連の言葉も同じだった。わたしの家はクリスチャンで、学校もミッション系だったから、小さいころから、聖書の物語を読んだり、クリスマスを祝ったり、お祈りを(させられたり)していた。自分にとっては日常語に近かった「灰の水曜日」や「黄金《おうごん》、乳香《にゅうこう》、没薬《もつやく》」がマニアック(?)なことくらいは、さすがに予想していたが、「イースター」や「三人の博士」が注ワードだとは思いもよらなかった(たった今も、「乳香」が日本語入力ソフトで変換されないことを知って、ちょっと動揺した)。ちなみに、注だけでなく、訳すときに「ミサ」「説教」「神父」にそれぞれ「ご」「お」「さま」を付けないことにかなりの違和感と抵抗感があって、小さいころからのこの刷り込みを脱するまでにけっこうな時間がかかった。そもそも「ミサ」と「説教」も注ワードだった。

もちろん、うちはポニーなんて飼っていなかったし、暖炉もなかった。よく考えてみれば、「いかけ屋」が何をする職業なのかはっきりとは知らなかったし、プロムなんて出たこともなければ、出た人すら知らない。だから、どう考えても、日本の読者が知らないほうが普通で、わたしが偏っていたのだ。

逆のパターンもあった。今でもよく覚えているのだが、訳している本に、soldering ironという言葉が出てきた。英和辞典で調べたら「はんだごて」とある。そこで、国語辞典で「はんだごて」を引くと、「はんだづけに使う工具」というような、わたしにしてみればまったく役に立たない説明が載っており、しかたなく「はんだづけ」を引くと、「熱で溶かした『はんだ』によって金属と金属を接合すること」というふうな説明が現われ、いよいよムッとしながら、今度は「はんだ」を引くと、おそろしく難解な説明が長々と記されていた。仮にここでは小学館の日本大百科全書の定義を引用すると、「融点の低いろう付け用合金の総称。軟ろうともいう。はんだ材として必要な性質は、接合する金属とのなじみ（ぬれ性）がよく、適当な溶融温度と流動性があり、毛細管現象で十分に広がり、溶融状態で均一安定であることなどである。普通に用いられるはんだは鉛―スズ合金であり……（まだまだ続く）」。四苦八苦して、これらの情報を注にまとめあげ、原稿を編集者に提出した。すると、いともあっさり「はんだごてなんて、誰でも知ってますから、注はいりません」と、削られたのだ。えーっ。

これは、偏った教育のせいだった。というのも、わたしは女子校に通っていたのだが、当時、女子は家庭科だけで技術は学ばず、しかも男子がいないので、技術という授業の存在すら知らなかった。そのため、はんだごてなるものを見たことがなかったのだ。家庭科が男女必修になったのは、中学校は一九九三年、高等学校では一九九四年。偏ったジェンダー教育の弊害は、こんなところにも及んでいるのだ！

そんなこんなで二十年以上翻訳の仕事を続けてきて、だいぶ注ワードの失敗も減ってきた（と思う）。最近では、『指輪物語』や『ハリー・ポッター』シリーズのヒット、RPGなどのおかげで、「トロル」や「エルフ」など、注ワードを脱しつつある言葉もある。同じように、むかしは「ミルクのおかゆ」「クロスグリのジャム」「油づけの小イワシ」「豆のかんづめ」など、いったいどういう食べ物だろうと、憧れたり気持ち悪い（なにしろ、「油づけの小イワシ」はトーストにのせて食べるのが定番らしかったので）と思ったりしたものも、今では「オートミール」「カシスジャム」「オイルサーディン」「ベイクドビーンズのかんづめ」で、注はなくてもほぼ通じそうだ。

そのむかし、本に出てくる「あぶらみのプディング」や「牛の腎臓を詰めたパイ」に恐れおののいたわたしとしては、ちょっとさみしくもあるけれど。当時の翻訳者の苦労のあとが偲ばれる訳だが、ちなみに今なら、スエット・プディング【注：刻んだ牛の脂肪や小麦粉や干しブドウなどを蒸した料理。イギリスのクリスマス料理の定番】と、キドニーパイ【注：牛の腎臓と揚げたタマネギ、ブラウングレイビーを詰めたパイ。イギリス料理の定番】あたりだろうか。

さんべ・りつこ（翻訳家）「飛ぶ教室」58号

助けられて考えること

加藤典洋

大学をやめてから4年がたつが、自分がだいぶ教える相手に助けられてきたことに気づきはじめている。

私がこれまで書いたもののなかで例外的なロングセラーとなり、刊行後20年にしていまなお、年に1度ほど増刷を続けている「言語表現法講義」なる本の、私の他の本との大きな違いは、これが、学生の作文を集めてなった本、つまり学生とのやりとりをそのままに記した、学生たちに大いに助けられて生まれた本だということである。

そこで私は助けられて考えている。そのことがこの本に厚みと広がりを与えていると思う。

そもそも、教室でのやりとりでも学生に教えられることが多かった。中で忘れられないのが、次の「(手で)守る」ことと「(目で)守る=見守る」ことの内的連関をめぐる話である。

キャッチとウォッチ。

と書いても何のことかわからないだろうが、英語では、1字違い。それを教えられた。サリンジャーに「ライ麦畑でつかまえて」という小説がある。原題は「キャッチャー・イン・ザ・ライ」で、この表題は、主人公の少年が大好きな妹に、お兄さんはこの世の中に不満ばかりなんだと批判され、いや、そんなことはない、と自分が「肯定」できる唯一の職業としてあげる職種(?)をさしている。

つまり、ライ麦畑に子どもたちが遊んでいる。その境界には危ない崖がある。そこには子どもたちが落っこちないように、子どもをガードする「守り」役(キャッチャー=守護人)がいるんだが、そういう職業になら、大きくなったら自分はぜひなりたいと思っている、と主人公はこのとき、何とか妹に「肯定的に」答えるのである。

ところで、その後、家出し、森の方に隠遁《いんとん》しようとする自分に10歳ぐらいの妹がどうしても同行するといってついてくる。主人公の少年はほとほと困ってしまう。そして妹を連れて、公園に行き、妹をメリーゴーラウンドに乗せてあげるのだが、すると、激しい雨が降ってくる。

ずぶぬれになりながら、主人公はじっと妹を見つめる。遠くからこの妹を「見守る」。するど幸福感がわいてくる。そこでこの小説は終わるのだが、1人の学生が、この最初の「守り役」のキャッチ（catch）と最後の「見守る」のウォッチ（watch）は、1字違うだけで、この小説のなかで対応しているのではないか、と言ったのである。

キャッチは崖から落っこちそうになった子どもを、手で捕まえ、落ちないようにする。しかし、私たちは成長するとともに独立した人格になる。その独立性を尊重しなければならなくなる。押さえつけてはいけない。子どもたちがメリーゴーラウンドから落っこちそうになっても「手を出して」はならない。我慢しなければならない。「見守」らなければならない。

子どもたちはそのとき、自分は「見守られている」と感じることで、信頼されていると、感じる。そして大人もそこで、人を信頼するとは何かを、実は、学ぶのではあるまいか。

こう見てくると、サリンジャーは、ここに一つの子どもでい続けることの断念、あるいは成長の劇を描いている。子どもとのつながりを「キャッチ」するものから「ウォッチ」

するものへと変えていく。そのような主人公の成長の物語が同時にここには描かれている、と見ることが可能である。

そこで成長しているのは、兄のほう、守ろうとするほうだ。同じことが教えるということ、考えるということについてもいえるのではないか。

馬を水飲み場に連れて行くことはできるが、水を飲ませることまではできない。それから先は、「見守る」しかない。

しかし、辛抱強く「手出しせず」に「見守る」うちに、教える側も、何かを学ぶ。教えることが本来、双方向的なものであることを、その「待つこと」は私たちに教えてよこすのである。

考えるということについても同じだ。一番よいのは、人に助けられて考えること、というのがいまの私の結論である。

かとう・のりひろ（文芸評論家）　「信濃毎日新聞」二月二日

「加藤先生」

マイケル・エメリック

加藤先生の訃報に接した日から、毎晩、二人の息子が寝入るのを待つ暗い部屋で、iPadでツイッターの呟きを眺めている。上の息子のミドルネーム「洋樹」の「ヒロ」は加藤先生から譲ってもらった。まだ海のものとも山のものともつかぬ、生まれたての息子を紹介したメールに、加藤先生は赤ちゃんを、好奇心いっぱいのエイリアンが地球に降り立ったイメージに見立てた返信をくださった。サインは「加藤典」として。自分と、自分の家族にとって大事な人だった加藤先生が、もうこの世にいない。そう思うと、言葉にしがたい気持ちに押されて、三十分も一時間も加藤先生を偲ぶツイートに見入っていたくなる。

何年も前に加藤先生のゼミを受講したことのある学生。一度だけ仕事をご一緒した編集者。本人には会ったことはないけれどずっとその文章に魅了され、刺激を受けつづけてきた読者。みな、私の知らない加藤先生について書いているのだが、その他者の言葉を通じて、加藤先生の存在がはっきりと思い出される。話すときのあの独特な抑揚、びっくりしたことを伝えようとよく口を手で覆い、顔を少し前に出して目を大きく見開く、あの表情。加藤先生の優しさと、好奇心と、いつでも小さなことで喜び、驚く、無防備なほど限りなく世界に開かれた心。

「ご飯が食べられないくらい落ち込んでいるときに、先生の天ぷらそばの天ぷらを半分こにして食べさせてくれたことを忘れません」「後出しジャンケンが大嫌いな先生でした」「一度も会ったことがない人なのに、亡くなってこんなに悲しい気持ちになったのははじめて」

他人の言葉に全身で向き合い、自分にとって大事な課題やテーマを見いだし、それを自分の言葉に置き換えていく。批評とはそういう仕事ではないだろうか。加藤先生という偉大な批評家を追悼するのに、他人の言葉に耳を澄ます、ということもひとつの適切な方法なのかもしれない。

加藤先生は「ねじれ」や「汚れ」などというような言葉を好んだ。ダメなもの、イヤなもの、誰も受け入れたくないものの存在を、社会として、あるいは一個人としてしっかりと受け入れることを自らの戦後への思想の基盤にしてきたふしがある。その態度は、深いところでは「後出しジャンケンが大嫌い」という気持ちにも、ひどく落ち込んでいる学生に自分の天ぷらを半分わけてあげたいという気持ちにも、一線でつながっていたのではないかという気がする。

誠実な思想家・批評家であるというのは、加藤先生にとって、自分自身も含め、すべてを「他者」として捉え、そこにごまかしを許さず、できるだけまっすぐにその「他者」を理解しようと取り組み、きちんと頭で考え、自分がそのときに正しいと判断した言動を取る。責任を取る。そういったことではなかったかと思う。思想、批評は、一生の仕事であるが、しっかり世の中に立って、周りの人たちと真摯《しんし》に向き合いながら歩くのは、むしろ仕事以上に重要なことで、あるいは筋がしっかり通った加藤先生の思想、批評の土台は、そこにこそあったのではないかと私は思う。

私が初めて加藤先生にお目にかかったとき「ノリと呼んでいいよ」と言われた。先生は明治学院大学から早稲田大学の国際教養学部に移ったとき、いきなり英語でも授業を受け持つことになったので、著名人でありながら自分から学生に交じってカナダでひと夏の語学留学をすることを決めた。日本語のできない先生や学生を慮《おもんぱか》り、「ノリ」と名乗ることにしたそうだ。早稲田大学への進学が決まっていた学生がひとり同じクラスにおり、その方も加藤先生を「ノリ」と呼んでいたそうだ。

私は「ノリ」という音を聞くと「海苔」を想像してしまうから、それは勘弁してほしい、と断り、それ以来、一貫して「加藤先生」で通させていただいてきた。私にとっては、生涯ずっと「加藤先生」である。

世の中は面白い、興味深い、感動やしっかりと懸命に考えるべきものごとに満ち溢れている。しかし、加藤先生が見せてくれる世界は、その著書の外には、もうどこにも存在していない。今は、世界そのものが少し貧弱になってしまったようで寂しい。加藤先生の存在が、しかし、この世界をどれほど豊かに見せてくれたか。

多くの人たち同様、私もまた、加藤先生が一心に書いてきた著書を読みかえし、まだ読んでいないものをすべて揃えて読もうと思っている。先生として敬愛してきた人から、これからもずっと学ばせていただける。それがせめてもの慰めである。

まいける・えめりっく（文学者・翻訳家）「小説トリッパー」夏季号

声を忘れるとき、言葉を消すとき

牧田真有子

　半年前に祖父が他界したとき、携帯の留守電に声が残っていないか慌てて確認した。葬儀より前の取り込み中のことだったと思う。自動的に削除されていくデータが相手だから妙に焦ったのだ。家の固定電話の方も、録音内容を順に再生して探した。別に辞世の句を吹き込んでくれる予定だったわけではない。仮に残っていたとしても、「焼き肉のたれを買ってきてくれるか」（近所に一人で暮らし、自炊もしていた祖父の好物は肉類）とか「うらめしや」（電話をくれたときにこちらが全員出払っていた場合）といったメッセージなのだが、この際内容は何でもよかった。故人の肉声は正確には覚えていられない。身近な人をなくすたびそのもどかしさを経験するから、遅ればせながらも手を打とうとしたのだった。

奔放に九十四まで生きた祖父と比べると、三十年近くも前、私が小学四年の時に亡くなった祖母との関わりは短かった。一点の曇りもなく愛してもらった印象は未だにはっきりしているのだが、どんな声だったか、となると曖昧にしか覚えていない。写真のように参照できる手がかりもない。

ただ、声は忘れても、言葉の様子は記憶から消えないようだ。代々京都で暮らす家に生まれた祖母はオーソドックスな京言葉を使う人だった。懐かしさのせいだろう、今も近所の高齢の女性と話すとき、内容よりその響きに気を取られたりする。「見とおみ」「あかんえ」と呼びかけるその語尾にはどこか、自分の口にした言葉を世界へ溶かすような、淡々とした柔らかさがある気がする。

こんなふうに自分が生まれ育った土地の伝統的な言葉を臆面もなく称賛できるのは、それと自分との間に断絶があるからだ。私が使っているのは漠然とした関西弁であって京言葉ではない。もっとも方言の稀釈はどこでも起こっている現象だろう。年配の人たち以外からは聞く機会自体が少ない。同世代の友人との会話に現れたら途端に異物めいてしまう。子どもの時分であればからかいの対象にすらなる。あの頃にすっかり、上品ぶっているとみなされそうな物言いや美しい響きへの抵抗感が根付いた。祖母は祖母で旧式のものを嫌い、それなりに価値のある古道具も躊躇なく捨てていたらしいから、意図して昔ながらの話しぶりを保存していたわけではなさそうだ。

　伝統的な言葉といっても長い歴史を通して同じ姿をとどめ続けるはずはない。今日知られている京言葉の多くも江戸後期あるいは幕末から明治にかけてのものらしい。個を超えた長いスパンで見ればそれらの変形や消滅は自然な流れだ。ただ、個人の時間感覚を基準にすると、たった数十年の間にこんなにも消してしまってよかったのかという不穏さもある。自覚しているよりはるかに大きなものを消し続けているのかもしれない。故人の声を少しずつ忘れていくとき、それでももし自分がその喋り方をそっくり継承していれば、普段の暮らしの中でもその人との結びつきが脈々と続いたのではないか。

　方言は、行こうと思えばいつでも行けるからと先延ばしにしている地元の観光名所とはわけが違う。改めて実践を試みたとしてもおそらく、私が疎外した言葉は私を疎外する。そう思っていた。

　しかし最近唐突に気づいた。飼い猫の前脚をうっかり踏んだときやペットフードの缶詰を開けるとき、猫相手にだけは反射的に「かんにんえ」「こっちおいない」等と言っているのだ。既に。どうしてなのだろう？　言葉というものから自由な動物といるときは、こちらも油断して、普段の言葉の域から踏み外しやすいのだろうか。喋り慣れた範囲の外側に広がる、懐かしいが自分のものではない大量の言葉の影。自分で自分の言葉遣いを取捨選択するようになる以前に浸っていた、周りの人びとの声の海。無言の動物といるときそれは一瞬私に満ちるのだろうか。ずいぶん時を経てからふと鏡に映るみたいに。

せっかくだが猫しか証人がいない。そして猫の方は方言どころか外国語で謝られたり呼ばれたりしても、「攻撃だったのか偶然の事故だったのか」「ごはんをくれる気があるかどうか」をきっちり聞き分けると思うので何の影響もない。でも口にしている間は、猫だけでなく自分自身も聞ける。消さずにいることも可能だったのに自分の手で消してきた言語や、忘れてしまった故人の声の残響に、耳を傾けることができる。

さて祖父の声は残念ながら私の携帯にも家の固定電話にもとどまっていなかった。しかしいくら内容は問題じゃないと言ってもやはり「うらめしや」という留守録メッセージを聴きながら偲ぶのは厳しい。ちなみに留守宅へ電話をしてしまっただけでも恨み節を吹き込む人だから、我々が出払っている間に来訪したときは一筆したためるのを忘れなかった。ほぼ奔放で所々神経質で全体的に過剰な祖父は、湯が満杯状態でない電気ポットを「爆発寸前」と表現したものだが、つい先日、何年も前の過剰な置手紙がひょっこり出てきた。「ポットから白煙が上がっていたぞ。水を足しておく」。どことなく捨て鉢な筆跡を見たら声もセットになって甦ってきたので、とりあえずこれで満足しようと思う。

まきた・まゆこ（作家）「群像」1月号

平成は夢の世

出久根達郎

私は昭和の時代と平成の時代とは、完全に職業が異なる。前の時代は古本屋で、平成の世は小説家である。

平成元年（一九八九年）は、いわゆるバブル狂乱の最後の年だった。翌年、バブルは音立てて破裂した。地価も株価も、いっきょに下がった。

古本屋の私はバブル騒動とは全く無縁であった。格別良いこともなかったし、悪いこともなかった。土地は売れたろうが、古本が引っぱり凧という現象はなかった。むしろ昔より売れなかった。教養は札束と関係がない。

それでも古本屋が食っていけたのは、時代がかった家屋敷が地上げで破壊され、その際に払い出されたおびただしい古書が金に化けたからである。店売りはパッとしなかったが、客からの買い物でうるおった。

もっとも古本屋に払われた古書はほんの一部で、ほとんどはゴミにされた。地上げに遭った家は古本屋を呼ぶ前に、ただちに解体されたからである。貴重な書物が消失した。バブル経済の罪は、人心を荒廃させたことと、書物文化をぶちこわしたことである。物の価値を金銭で判断する風潮を作ったことだ。

本を払いたいから下見に来てくれ、と依頼があった。近所なので自転車で出かけた。竹林に囲まれた、築百年はたつと思われる大きな屋敷である。老夫婦きりで住まっていた。明治大正期の雑誌と新聞を、ひと山ほど出された。悪くない品である。値段の折り合いがついて、自転車の荷台に載せていると、老夫婦が、うまく運転できるの？と驚いている。重量がかさんで、前輪が持ち上がってしまったのだ。慣れているので大丈夫です、と言うと、あら、酒屋さんの自転車なのね、と驚いている。

古本屋を開業した際、懇意の酒屋さんが、お祝いだと店用の一台を下さったのだ。屋号が記してあるが、特別仕立ての頑丈な自転車だった。古書を運ぶのに重宝して、大切に使っていた。老婦人にそう語ると、近いうちにまた不用の書を払うわ、と確約した。

「その時は申しわけないけど、こちらが頼む品を買ってきてもらえないかしら」

「どんな品物でしょう？」

「この年でしょう？　重たい物は持てないのよ。安物ばかりだから配達していただくのは気が引けて。トイレットペーパーとか洗剤とか」

「よろしいですよ」

何か儲けさせてくれる本を売ってくれるかも知れない。ちゃっかり計算して引き受けた。まもなく声がかかった。私は注文の品を調えて、早速伺った。礼を言われ、手間に見合う本を譲ってくれた。そんな風に、商売のかたわら、私は何度か老夫婦の使い走りをした。夫婦は脚が不自由だった。

ある日、いつものように本を買って屋敷から出てきたとたん、二人の男に呼び止められた。話がある、と塀の外れに誘導された。

二人は地上げ屋であった。この屋敷を手離すように夫婦に交渉している最中だが、一向に承諾しない。ついては売るように口添えしてくれないか。むろん口きき料は出す。頼む。

二人は私の自転車から私を出入りの酒屋、と早合点したのである。自分は古本屋だと名乗ったが、商売は何でもよい、ここの住人と懇意のようだからこうして持ちかけるのだ、としつこい。彼らは手にした黒いバッグを、音立てて叩いて、ここに現金がある。見せようか、といやな薄笑いをした。私は気味悪くなり、逃げるようにして去った。

次に夫婦に呼ばれた際、二人のことを話した。夫婦がうなずき、溜息をついた。

「断っても断っても、あきらめないのよ」

「警察に訴えたらいかがですか」

「だって悪さをしたのではないから、取りあげてくれないわよ。根くらべよ」

「無言電話もあって、いい気持ちがしない」

と夫が嘆いた。

「あなたは用心棒なのよ」老夫人が私に言った。

「あなたが時々いらっしゃって下されば、あの人たちも手を出せないでしょう？　申しわけないけど蔭ながら私たちを守ってちょうだい」

「喜んで」

そのうち私は道楽で書いていた小説が、ある賞をいただき、急に注文が殺到して本業より忙しくなってしまった。二足のわらじは無理だった。店を閉めざるを得ない。同時に、バブルが終わった。

ある日、私は久しぶりに自転車で近所を回った。いつのまにか、風景が一変していた。見慣れぬ家々ばかりである。地上げに遭った所は古い屋敷にとって代わって、同じ形の立て込んだ新宅が密集していた。老夫婦の所も然りである。竹林も無い。私は夢を見ていたかのように、惘然《ぼうぜん》とした。あの人たちとのやりとりは、現実の出来事だったろうか？
私の平成三十年は、すでに夢になりつつある。

でくね・たつろう（作家）「うえの」4月号

雨の日は外へ

木下昌輝

雨の日は、外に遊びにいくような子供だった。小学校の頃である。友人数人と校庭で、首と肩の間に傘を挟んで、ドロドロになった地面に川や湖をつくる。素手で水たまりから溝をのばし、川にする。別の友人がつくった川とつなげたり、あるいは大きな川をつくって、分岐させたりする。

川の途中には必ずダムをつくった。せき止められた川は水たまりになり、やがてダムをこえていく。その様子を見るのが楽しかった。忘れられないのは、前ちゃんという友人がつくったダム。もともとくぼみのある場所に川を誘導した。だけでなく上から見れば半円を描くようにして完璧なダムをつくり、水をせき止めた。貯水量は今までのダム遊びで間違いなくナンバーワン。さながら、羽柴秀吉の高松城水攻めを再現するかのようだった。友人の名前をとり、我々は「前ちゃんダム」と名付けた。

降りしきる雨にどんどんと水位を上昇させていくが、前ちゃんダムは水をせき止めつづけた。とはいえ、我々にも門限がある。

「じゃあ、前ちゃんダムから水が溢《あふ》れたら、帰ろう」ということになった。

が、前ちゃんダムは巨大だ。この校庭が水びたし――冠水しなければ、決壊しないように思われた。その時である。堤防に穴が空いたのだ。まさに蟻《あり》の一穴という表現がふさわしい小さな穴。糸よりも細い水が漏れた。だが、一穴である。まだまだ、ダムは持ちこたえる。そう思っていたら、蟻の一穴はたちまち大きくなり、難攻不落と思われたダムをあっという間もなく決壊させた。子供心に、それは一大スペクタクルだった。映画の巨大爆破シーンを見たかのような感動があった。後に「堤は蟻の一穴で崩壊する」という言葉を学び、前ちゃんダムのことを嫌でも思い出した。

あれから三十年以上がたつが、雨の日になるとたまにウズウズする。もう一度、ドロドロの校庭にダムをつくってみたい、と。四年生で転校してしまった前ちゃんも、同じようなことを考えているのだろうか。

きのした・まさき（作家）　「京都新聞」六月二十四日

祭りの夜の秘密

村山由佳

〈ハレとケ〉の概念を最初に提唱したのは柳田國男だった。儀礼や祭事などの非日常がハレ、それに対してケはふだんの日常をいう。

私にとって、ハレの日にまつわるいちばん古い記憶は、青緑色をした水風船のヨーヨーだ。三つか四つの頃と思う。家の近くにある城址公園で、夜祭りがあったのだった。

いつもは静かな森が大勢の人で賑わい、ずらりと屋台が並び、無数に連なる提灯が宵闇を仄赤く照らす。私は白地に色とりどりのしゃぼん玉が描かれた浴衣を着て、父のような人に手を引かれていた。

〈父のような人〉とわざわざ言うのは、記憶の中でどんなに仰向いてみても、その人の首から上が闇に溶けて見えないからだ。小さな手を預けた相手への揺るぎない信頼感から考えても、おそらく父以外の誰かであるはずはないのだが、何しろ顔が見えないので確信が持てない。

ともあれ、当時の私はすでに、おねだりをしてはいけないことを体で学んでいた。母は躾に厳しい人で、菓子であれ玩具であれ、娘が少しでももの欲しそうな顔をすると「卑しい」と言い捨てて絶対に買ってくれなかった。

だからそのヨーヨーは、吸い寄せられるように立ち止まり、思わず眺めてしまった私を見て、父のような人が黙って買ってくれたものだった。

たらいにぷかぷか揺れるたくさんの水風船の中から、青緑色に赤、黄、白の縞模様が入った一つを選んだ。店のおじさんが、結んだ輪ゴムの端を中指にかけてくれると、鞠のようにつくことができるようになった。

ぱしょん、ぱしょん、と響く涼しげな音をよく憶えている。ひんやり冷たいヨーヨーを大事にかかえた私は、父のような人に抱き上げられ、その腕の中で夜空に咲いては散る大花火を眺めた。

一度目の結婚を解消し、初めて独りになった頃から、折にふれて同じ夢を見るようになった。

私はしゃぼん玉の浴衣を着て、父のような人に手を引かれながら祭りの雑踏を歩いている。けれどその人はもう、それこそ〈父のような人〉であって、父ではない。誰なのかは相変わらず確信が持てないのだが、夢の中の私は幼女のくせに大人でもあって、手を預けている相手が、ちょうどその時に付き合っている男であるような気がしている。そうしてその男から、ヨーヨーを一つ黙って買い与えてもらい、深くふかく満ち足りて目覚めるのだ。

ふり返れば、それなりに真剣に付き合った男とほぼ同じ数だけ、祭りの夜の夢を見たことになる。今さらフロイトに訊いてみるまでもなく、要するに私は男たちに対して、父性的な愛情を求め続けてきたということなのだろう。

父親のように大切に守ってほしい、けれど男として雄として激しく愛してほしい。なかなかの無理難題である。うまくいかなくなって当然だ。

今現在の相手はじつのところ割合に近しい身内なのだが、生まれて初めて「終わらないものがある」と思えるようになったのは、ようやくその難しい部分がクリアされたからなのかもしれない。

先日、短編集を上梓した。『まつらひ』の題名が示すとおり、六編の物語はどれも、日本各地に実在する祭りをモチーフにしている。長野県御代田町の龍神まつり、福島県の相馬野馬追、岩手県黒石町の蘇民祭……。

それほど遠くない昔、この国は性におおらかで、とくにハレの代表である祭りの夜は誰とでも交わってよいとする村も多くあった。それは、責められるどころかむしろ神を言祝《ことほ》ぐ行為ですらあった。

今はもちろん許されない。わかっていながら、ひとは堕ちてゆく。〈祭り〉が持つ妖しい力の渦。その裂け目にはまりこんだ男女の秘めごと。性と生の抜き差しならなさ、愛おしさ、哀しさを、余さず描きだしてみせたかった。

〈祭り〉――と聞くたび、耳もとにあのヨーヨーの涼しげな水音がよみがえる。

その記憶は、〈父のような人〉の少し湿った手の温もりとともに、幼く淡い官能の目覚めに紐付けられたかたちで今も胸に刻まれている。

むらやま・ゆか（作家）　「文藝春秋」3月号

気づく

飯塚大幸

「仏」の字は、インドの原語で「ブッダ」と言います。その意味は「気づく」ことです。「悟る」とか「目覚める」とも訳されますが、要するに気づきです。何に気づくかが問題です。大いなる気づきと、その気づきに至る道を説くのが仏教と言えるでしょう。

私が京都で小僧をしていた中学生の頃の話です。「わしの部屋へ行って床の間を見て来なさい」。こう言いつけられた私は、あわてて雑巾を手に取り、師匠の部屋へすっ飛んで行きました。

ほこりが残っていないか、水滴を拭き忘れていないか、クモの巣がないか、壁を傷つけていないか、はたまた香炉や花入れの向きが間違っていないか。顔を床の間に近づけて色々点検しましたが何も気になるものはありません。困り果てて戻って来た私に対し、師匠は言いました。「わしの活けたきれいな花が目に入らなかったか？」

掃除の良し悪しが問題ではなかったのです。掃除をしている私が床の間の花を見て気づいたかどうか。中学生の純真な心に、果たして床の間の美しい花が映ったかを聞いたのです。あえて「見なさい」と言わないで自らで気づくのを待つ。今に想えば、ちょっと意地の悪い、しかし本当の親切でした。

抹茶を点てることも仕事のひとつでした。狭い部屋には炉がきられ、師匠とお客さんが向かい合って座っています。大体、人生相談や何やら真剣な話です。長い時間かかることがよくありました。お茶係の私は、お客さんがお茶を飲んでくれるのを待ち、その茶碗を片づけるためにただひたすらその場で待っています。私の放課後は過ぎていきます。無言で座っている小僧の存在を意に介さず、その小僧が点てたお抹茶が自分の前にあることにも気づかず、おかまいなしに延々と話し込んでいました。

いよいよ話も終わり、お客さんはすっかり冷えたお茶を飲むと「あ〜美味しいお茶ですねぇ」と仰ることがありました。帰りに障子を開けて外をご覧になったとたん「まぁ〜きれいなお庭ですねぇ」と仰る。このように一々感嘆されたことを覚えています。門まで見送って、その姿が見えなくなるまで深く頭を下げ続けます。片付けに戻って来た私に、師匠は言いました。「あの人は、来たときもこの庭を見ていたはずじゃ」

心に引っかかりがあるときは、目は開いていても何も気づくことはありません。心が空っぽになったとたん、お茶が美味しく飲めたり、庭が目に飛び込んで美しいと感じるのです。

私たちは、日常の生活での気づきをもっと大切にしたいものです。人の心に気づく。場の空気に気づく。気づく人は、どんなことでも案外よく気づきます。気づくから無駄がなくなる。無駄がなくなると物事はよい方向に転じます。

逆に、気づかない人は、どんなことにも気がつきにくいものです。自分で気づかなければ、他人から指摘されなければなりません。指摘ばかりされれば嫌になってしまいます。特に人の命や健康を預かっている仕事なら、「気がつきませんでした」では許されないのです。かと言って、マニュアルを積み上げても、現場で気がつかなければ、後で取り返しのつかない結果になってしまうでしょう。

気づく人になるためには、何をしたらよいのでしょうか。それは心を「空っぽ」にすることです。『般若心経』でも説かれている「覆うものがない」「執着するものがない」という心です。まずは抱えすぎているものを下ろしてみましょう。やり過ぎていることをやめ、急ぎすぎているスピードをゆるめ、見えるもの、聞こえるもの、触れるものをありのままに受け入れてみましょう。きれいな鏡のように、空っぽの心で季節を感じてみましょう。

そして「下座《げざ》の修行」です。今でこそ上座だ下座だとあまり言いませんが、腰を低くし下座の立場に徹して初めて気づく世界があります。現場で接して初めて気づく世界があります。師匠が残してくれた言葉を思い出してみますとヒントがありました。「高い所にいるとよく全体が見渡せる。しかし、低い所へ下りて直に接することを忘れてはいけない」。言うことは簡単ですが、行なうことは難しい。あれから時間だけは経ちました。師を想えば、なかなか慙愧に堪えません。

いいづか・だいこう（一畑薬師管長）「すばる」6月号

平成最後の年

金田一秀穂

2018年に、「平成最後の年」と言われる事柄が多かった。「平成最後の夏」とか言って、若者たちが海や山で羽を伸ばして遊んだ。甲子園の高校野球も盛り上がった。そのあとも、平成最後のクリスマスとか、平成最後の大晦日とか、なんでもかんでも、平成最後のという枕詞がふられて、いつもの歳とは違う、ありがたみがあるかのような言われ方をした。実質は同じなのだが、そう言えば少しはお金が多く動くのかもしれない。景気が良くなるのかもしれない。喜ぶ人が多いのであれば、文句を言う筋合いはない。

しかし、「平成最後の」と言えてしまうのは、大変珍しいことでもある。

元号は、天皇の在世と一致すると決められていた。だから、明治最後の年というのは、今から振り返っていうのには困らないが、明治最後の年の当時の人々は、それが天皇崩御を意味してしまうから、恐れ多くて口に出せなかった。

昭和の時もそうだった。年も押しつまって、毎晩皇居の暗い映像が流れ、天皇の容体が発表されて、自衛隊の若者たちの血液が輸血されたとかいうニュースが流れ、昭和最後の年なのだなあ、とみんな分かっていたのだけれど、昭和最後の年とは、だれも広言できなかった。

今回どうしてそれが言えてしまうかと言えば、生前退位という英断のおかげである。元号が終わることが、不吉なことではないからだ。逆に、「平成最後の年」と言えるくらいで、めでたいことぐらいに思われているのではないか。少なくとも、パーティ開いて騒いでもいいように受け取られている。

昭和のときとずいぶん違う。何しろ昭和は、大変な時代だった。大きな戦争があって、たくさんの人が殺したり殺されたりした。そうしてそのあとの平和と復興のときがあった。昭和は64年間で、平成の倍以上の時間だ。その中に日本史上の重大事件がいっぱい詰まっている。終わりかけているときには、いやおうなしに、荘厳な気分にさせられた。歴史的瞬間に立ち会っているという緊張感があった。

言葉の面から言うと、昭和というのは、音声的には美しいと思う。「しょ」は、口をすぼめて発音される。「わ」は、すぼめた口を力いっぱい開いて、明るく終えられる。「ショーワッ」というのは、悪くない。

それに比べて、「平成」の音は美しくない。日本語でエ段には、よくない印象の言葉が多いのだ。なにより「屁」がある。「ゲロ」とか「けつ」とか「あっかんベー」とかある。笑い声でも、「ははは」とか「ふふふ」、「ほほほ」に比べて、「へへへ」というのは、だらしなく下品である。「ケッ」というのは、人を馬鹿にした時の嘲りの声である。「へーせー」というのは疲れているような音で、「ゼエゼエ」に通じてしまう。最初聞いたとき、昭和の、力強い音の印象に比べて、なんだか気の抜けたような音だなあと思った。

ただし、文字面は圧倒的によい。

昭和の昭の字は、他に使い道がない。人の名前に使われると思う人がいるかもしれないが、それは、年号が昭和だからなのであって、ふつうなら、「正」とか「勝」の字が使われてしかるべきなのだ。「昭」は常用漢字に含まれているが、年号に使われている文字だから仕方ないのだ。

それに比べて「平成」はよい。文字として、上が左右対称で、下が非対称というのは格好がいい。しかも、教育漢字にある易しい字だ。

年号は西暦と重なって不便だということを聞く。私自身も平成の年号で言われるとみんな最近のことだとしか思えなくて、それが具体的にいつのことなのか、よくわからない。西暦だけで考えるほうが、すっきりとする。しかし、年号で区切るというのは、捨てがたいアイデアである。

そもそも、天皇の在世と世間の風潮が一致して変化するということはあり得ない。明治も大正も昭和も、みんな連続している。しかし、年号の変わり目に竹の節のような切れ目があって、その前と後とでは気分が違う。

昭和は、立派で重たい雰囲気がする。平成は明るくて軽い。異なるはずはないのだが、その時代に自分も染まっていく。染まろうとする。

明治の人というだけで、周りのその人を見る目が違っていて、当人もその気になっていた。大正人は、明治じゃないんだぞという雰囲気を押し出していた。大正は15年続いて、昭和元年は年末の数日しかないのだが、大正15年生まれというよりも、昭和元年生まれと言いたがる人が多かった。

イギリスでも、ビクトリア朝時代などと言って、王の在世と時代を区切って考えることが多いのだろう。アメリカでも良き50年代などと言う。日本の年号はそれと同じで、歴史的時間を区切る文化的な仕掛けなのだ。慶応以前は古すぎてわからないけれど、明治村とか大正村があるように、昭和の雰囲気を残すなどと言うように、とても分かりやすい便利な仕組みなのだ。

次の時代がどんな時代になるのか。平成がどんな時代であったと思われるのか。たまたま変わり目に立ち会うことができた幸運に感謝しつつ、つながるものと変わるものを見極めたいと思う。

きんだいち・ひでほ（杏林大学外国語学部教授・国語学者）「うえの」1月号

ベスト・エッセイ2020

2020年8月5日　第1刷発行

編　著　日本文藝家協会
発行者　小泉 茂
発行所　光村図書出版株式会社
東京都品川区上大崎2-19-9
電話 03-3493-2111(代)

印刷所　株式会社加藤文明社
製本所　株式会社難波製本

ISBN978-4-8138-0270-9　C0095
定価はカバーに表示してあります。